N & K

Angelica Ammar

Die Zeit der grünen Mandeln

Roman

Nagel & Kimche

Pour Fethi, pour tant de mondes.

1 2 3 4 5 14 13 12 11 10

im Carl Hanser Verlag München
Herstellung: Andrea Mogwitz und Rainald Schwarz
Satz: Gaby Michel, Hamburg
Druck und Bindung: Friedrich Pustet
ISBN 978-3-312-00464-5
Printed in Germany

Die Zeit
der grünen
Mandeln

1.

Idi Ben Said war im Kampf für die Unabhängigkeit Habib Bourguiba zur Seite gestanden. Ein Foto zeigte ihn vor den kahlen Hügeln des Hinterlands mit Stahlhelm und Maschinengewehr. Er hatte nie eine Kugel verschossen, die Franzosen gingen beinahe von selbst, und kaum hatten die letzten Schiffe den Hafen verlassen, waren sie keine Feinde mehr. Unglücklicherweise fuhren in diesen letzten Schiffen auch die sephardischen Juden fort, die zum Teil noch vor den Arabern die Küste Karthagos besiedelt hatten. Und die italienischen Juden, die vor allem in Tunis ansässig gewesen waren. Das Viertel La Goulette verlor sein ausgelassenes Sprachengewirr und die besten Schmalzkringel der Stadt.

Idi Ben Said blieb nicht in der Hauptstadt. Für seine Dienste hatte ihm der Präsident, mit dem er im Maquis in den Bergen genächtigt hatte, in seiner Heimatprovinz ein Stück Land zugesprochen. Als Idi Ben Said in Kalâa Kebira in einer schwarzen Limousine einfuhr, wurde er wie ein Held gefeiert. Zu der Limousine gehörte ein Chauffeur. Wenn dieser frei hatte und mit Idi Ben Said im Café Domino spielte, wartete Idi Ben Saids jüngster Sohn Hassan mit der Limousine am Tor zum Souk. Die Leute sprangen von der Straße, wenn der wie von Geisterhand gesteuerte

Wagen nahte, und erst wenn sie schon fast vorüber war, erhaschte der Blick den Scheitel eines Jungenkopfs, der das mächtige Lenkrad nur knapp überragte. Stolz fuhr Hassan seinen Vater über staubige Straßen zu einem der Bauern oder Händler, mit denen Idi Ben Said Geschäfte betrieb. Neben dem Land hatte Idi Ben Said eine Import- und Exportlizenz erhalten. Was er damit genau anstellte, wusste niemand in der Familie recht zu sagen. Liefen die Geschäfte gut, hatte Idi Ben Said die Hosentaschen voller Geldbündel, und auf dem Rücksitz der Limousine lagen dick behangene Dattelbüschel, die er an alle verteilte, die ihm über den Weg liefen.

2.

Idi Ben Said hatte vier Söhne und zwei Töchter. Der Erstgeborene, Ismael, war von Geburt an kränklich gewesen, so dass Idi Ben Said seinen väterlichen Ehrgeiz auf die als Zweite geborene Tochter Yamina übertrug. Er fühlte sich so jung wie sein neugeborenes Land, das mit liebevoller Hand und modernen Methoden zum Blühen gebracht werden sollte. Präsident Bourguiba nahm den Frauen eigenhändig vor laufenden Kameras den Schleier vom Kopf, selbst den traditionellen langen Saffari, der das Gesicht nicht verdeckte. Idi Ben Saids Tochter Yamina war das erste Mädchen in Kalâa Kebira, das zur Schule geschickt wurde. Idi Ben Saids Frau Mariam zog ihren gelben Schleier über den Kopf und las kopfschüttelnd den Koran. Der Hausangestellten Mbarka, die aus der südlichen Wüstenregion in die Familie geschickt worden war, trug sie auf, im ganzen Haus metallene Fatma-Hände über den Türrahmen anzubringen, damit das Glück ihnen hold bleibe. Regelmäßig nahm Idi Ben Said, wenn er nach Hause kam, seiner Frau den Schleier ab und entfernte die Metallhände über den Türen, und regelmäßig legte seine Frau ihren Schleier wieder über und ließ die Fatma-Hände erneut anbringen. Idi Ben Saids Frau Mariam kam aus einer der beiden großen Familien von Kalâa Kebira. Ihr Vater hatte sie mit Idi Ben Said verheiratet, weil er an die Zukunft glaubte, an den findigen jungen Mann, der sich, ohne familiären Hintergrund und ohne je eine Schule besucht zu haben, Respekt zu verschaffen wusste. Dass Idi Ben Said nicht lesen und nicht schreiben konnte, störte weder ihn selbst noch seinen Schwiegervater.

3.

Auf dem Stück Land, das Idi Ben Said nun wenige Kilometer entfernt von der Küste besaß, standen Granatapfelbäume, Pfirsichbäume, Aprikosenbäume, Feigenbäume. Zwei Landarbeiter wohnten dort mit ihren Frauen in einem flachen Lehmhaus, schüttelten die Oliven von den Bäumen auf ausgebreitete Säcke und pressten sie zu Öl, pflückten die Mandeln, klopften ihre Schale ab und rösteten sie im Brotofen. Wenn Idi Ben Said sonntags mit seinen sechs Kindern kam, wurden ballongroße dunkelgrüne Wassermelonen, zu schwer zum Tragen, direkt im Feld aufgeschlagen, und das Fruchtfleisch spritzte hoch und lief über braungebrannte Kinderarme. Bei den hellgrünen länglichen Wassermelonen klaffte das Fruchtfleisch gischtrot unter dem weißen Schalenrand. Die Mädchen lösten schillernde Kerne aus den Granatäpfeln, die Jungen jagten die gackernden Hühner in ihrem Gehege. Vor dem Festtag Aid el Kabir wählte Idi Ben Said ein Lamm aus der kleinen Herde in der Umzäunung hinter dem Haus, ohne dass die Kinder es merkten. Einmal hatte er auf das Vorhaben verzichten müssen, ein eigenes Tier zum großen Fest zu opfern, als alle Kinder beim Anblick des angebundenen Lamms Matilde entsetzt in Tränen ausgebrochen waren. Da hatte er das Tier wieder losbinden lassen, und am nächsten Tag brachte der Metzger ein namenloses Lamm ins Haus, das von Idi Ben Said und Mbarka nach allen Regeln der Kunst im hinteren Hof geschlachtet wurde. Alle sechs Kinder hatten erklärt, keinen Bissen davon essen zu wollen. Doch als die nach Rosmarin, Minze und Safran duftenden Platten mit gebratenem Lammfleisch auf den Tisch kamen, zwischen Schälchen mit feingehackten Tomaten und Gurken, eingelegten Paprika, Kichererbsen- und Auberginenpüree, schnellten die Hände nach vorn, griffen nach den großen weichen Brotfladen und tunkten sie in die Saucen. Nur zwei der Kinder aßen nicht. Yamina, weil sie es unwürdig fand, klein beizugeben, und weil sie zudem den ganzen Tag bei etlichen Familienbesuchen Unmengen von Gebäck vertilgt hatte: Makroud, Baklava und Ghraiba, Mandel- und Pistazienecken, Marzipankugeln mit Haselnusskrokant, in Honig frittierte Sesamecken mit Dattelfüllung, Kichererbsenplätzchen, die wie süßer Sand auf der Zunge zerfielen.

Ihr Bruder Salim, der bei der Besuchsrunde nicht dabei gewesen war, die Mutter und Töchter in den angesehenen Häusern von Kalâa Kebira absolviert hatten, aß aus Solidarität zu seiner älteren Schwester nicht. Die Mutter nannte die Weigerung der beiden gotteslästerlich, Idi Ben Said nannte es idiotisch, aber er hatte dabei einen leicht amüsierten Zug um den Mund. Seine älteste Tochter hatte den starken Willen, den sein Erstgeborener vermissen ließ. Ihre Zukunft würde glänzend sein.

4.

An ihrem ersten Schultag legte Yamina die vier unasphaltierten Straßenblocks im Zentrum Kalâa Kebiras mit Idi Ben Said in der Limousine zurück. Vor dem unscheinbaren weißen Gebäude, das eine Marmortafel als *École Habib Bourguiba* kenntlich machte, blieb Idi Ben Said in seinem kurzärmeligen weißen Hemd neben der offenen Wagentür stehen, die flache Hand auf dem Dach der Limousine, während sein ältester Sohn seine älteste Tochter zu ihrem Lehrer brachte. Der Lehrer setzte Yamina an eine Bank in der ersten Reihe, vor eine Wand aus grinsenden Jungengesichtern. Mit durchgestrecktem Rücken und hochgerecktem Kinn blickte Yamina den ganzen Vormittag unverwandt nach vorn, ohne auf das Getuschel zu achten, das einsetzte, sobald der Lehrer sich zur Tafel drehte. Sie zuckte auch nicht zusammen, wenn ihr Bleistifte oder Holzlineale in den Rücken pieksten.

Nachmittags stand die Limousine wieder vor der Schule und Idi Ben Said neben ihr, als habe er sich nicht vom Fleck gerührt. Erhobenen Hauptes kam Yamina aus der Schule, von Spottrufen umflattert, hinter ihr eine johlende Jungenmenge. Idi Ben Said erwartete sie regungslos. Als sie die Limousine erreicht hatte, sah er ihr in die Augen und fragte sie, ob es ihr in der Schule gefallen habe. Ohne sich umzudrehen, blickte Yamina ihren Vater fest an und nickte. Mit einem zufriedenen Lächeln legte er ihr eine Hand auf die Schulter. «Keiner von denen ist es wert, dir auch nur die Schuhe zu binden», sagte er. Am nächsten Tag ging sie mit ihrem Bruder Ismael zu Fuß zur Schule.

5.

Yamina war das erste Mädchen, das in Sousse Abitur machte. Die Familie war inzwischen in die größere Stadt an der Küste gezogen. Die ersten großen Hotels prunkten an der Uferpromenade. Oft beherbergten sie Franzosen, die ihrer ehemaligen Heimat einen Besuch abstatteten und die Hotelköche baten, ihnen eine einfache Schakschuka zu machen, wie ihre Mütter oder Tanten sie früher zubereitet hatten. Und nie hatten die mit Ei angebratenen Tomaten, Paprika und Kartoffeln den erinnerten Geschmack. So schauten sie auf das Meer, das sie früher aus ihren Wohnungen in den einfachen Vierteln nicht gesehen hatten, und sprachen arabisches Französisch mit den Hotelangestellten, um die Zeit zu vertreiben.

Wenn Yamina und ihre Freundinnen die Fremden in der Altstadt sahen, kicherten sie über die verrutschten Wickelblusen der Frauen und die weißen Socken in den Sandalen der Männer. Die Franzosen, die man in Sousse zu Gesicht bekam, schienen sich nie eins der Modemagazine anzusehen, nach denen Yamina und ihre Freundinnen sich kleideten. Die Magazine brachte Idi Ben Said aus Tunis mit. Yamina blätterte sie mit ihren Freundinnen durch, und manche dachte dabei bereits an ihre Aussteuer. Dazu aßen sie Brioches aus der französischen Bäckerei. In der höheren Schule in Sousse war Yamina nicht mehr das einzige Mädchen gewesen, doch die Einzige, die bis zum Abitur geblieben war. Kein Unterrichtsfach hatte ihr besondere Aufmerksamkeit abringen können, aber es stand außer Frage, dass sie sich der Erwartungen ihres Vaters würdig erweisen würde.

Am Tag der Abschlussprüfung holte er sie mit der Limousine ab, von ihrem jüngsten Bruder Hassan gefahren, der inzwischen das Lenkrad deutlich überragte. Vier Stunden später waren sie in der Hauptstadt und aßen Pfirsich Melba in der schicksten Eisdiele von Tunis, die Yamina bis dahin nur vom Hörensagen gekannt hatte. Sie müsse sich mit der Hauptstadt vertraut machen, sagte der Vater, denn studieren könne man nur dort. Yamina reckte ihren Rücken gegen den Stuhl.

6.

Yaminas Bruder Ismael hatte ein Jahr zuvor Abitur gemacht, das erste in der Familie. Niemand hatte ihm in einer Eisdiele in Tunis eine Coupe Melba spendiert, und niemand hatte von einem Studium gesprochen. Es hätte ihn selbst überrascht. Als Yamina in die Welt hinauszog, hatte er bereits seinen langsamen Aufstieg vom ersten in den dritten Stock der Telefonbehörde in Sousse begonnen. Seine Mutter hatte eine Cousine aus Kalâa Kebira als passende Frau für ihn ausgesucht. Er heiratete Jamila, die morgens mit ihm aufwachte und starken Kaffee kochte, ihn am frühen Nachmittag nach der Arbeit mit Fisch und gebratenem Reis erwartete und abends neben ihm vor der Haustür saß, eine Zigarette rauchte und Mücken verscheuchte.

7.

Nach Yamina wurde Mohammed geboren. Von klein auf übernahm er allen Widerstand gegen die elterliche Autorität, den seine beiden älteren Geschwister nicht geleistet hatten. Als Halbwüchsiger schlug er den Koran seiner Mutter zu und verkündete gegen ihre Wehklagen, alle Religionen seien Aberglaube. Während des Ramadan verköstigte er sich in den wenigen schäbigen Cafés, die auch tagsüber Essen servierten, immer in der Hoffnung, der Koch möge nicht in den Teller gespuckt haben. Wachte er während des Ramadan in Wintermonaten einmal zu spät auf, wurde es zu einem Wettlauf gegen die Zeit, noch rechtzeitig etwas hinunterzuschlingen, bevor die Sonne unterging. Sein Verbündeter dabei war sein jüngerer Bruder Salim, den er von klein auf dazu anhielt, es ihm nachzutun und bloß keinen einzigen Fastentag in seinem Leben zu verzeichnen. Später lieh er Salim auch seine Bände Nietzsche und Marx, doch während Mohammed seinen Vater wegen dessen großherrschaftlichen Auftretens angriff, ließ sich Salim in der Küche von Mbarka Geschichten aus der Wüste erzählen.

8.

Nach Mohammed kam Nadia. Nadia gehörte längst nicht mehr zu den ersten Mädchen in der Schule, doch ihre Leistungen waren weitaus besser als die ihrer älteren Schwester, wovon niemand besondere Notiz nahm. In der Familie stand fest, dass es Yamina war, der eine glänzende Zukunft bevorstand. Während Yaminas zweiten Universitätsjahrs in Tunis, wo sie sich mit wenig Begeisterung, aber im Bewusstsein der ihr auferlegten Überlegenheit dem Studium der Volkswirtschaft widmete, erkrankte Nadia an Leukämie. Es kostete Idi Ben Said beinahe sein gesamtes Vermögen, sie nach England zu den Ärzten zu schicken, die man ihm als die besten Spezialisten auf dem Gebiet genannt hatte. Drei Monate blieb er mit seiner Tochter dort, drei weitere entsandte er eine unverheiratete Schwester. Als die Ärzte Nadia für geheilt erklärten, hatte Idi Ben Said zwei Häuser und einen Orangenhain in Kalâa Kebira verkauft, ein Grundstück an der Küste und einige Goldarmreifen seiner Frau. Ihm blieben zwei Häuser in Kalâa Kebira aus Mariams Aussteuer, das Stück Land mit den Obstbäumen und die Limousine.

Nadia trug einen kurzen Schottenrock, als sie aus London zurückkam, und ließ sich Natty nennen. Ihre Brüder imitierten lachend ihren englischen Akzent, und einige Wochen später hieß sie wieder Nadia. Der Schottenrock war ihr kostbarstes Stück, als sie nach Tunis umzog, wo sie mit Yamina bei einer Tante dritten Grades wohnte, und ihr Englischstudium begann. Unter ihren späteren Kollegen im Schuldienst und an der Universität brachte es keiner zu ihrer meisterlichen Betonung des Wortes Plumpudding.

9.

Nach Nadia kam Salim. Wie alle anderen Geschwister wurde er von Mbarkas kräftigen Armen ins Leben gehutscht, doch Salim war auch später unzertrennlich von dem Kindermädchen, das als junges Mädchen zu ihnen kam und in ihrer Erinnerung eine alte Frau sein würde. Noch im Gymnasium ging Salim an Mbarkas Hand zur Schule, und ihre Anwesenheit hielt allen Spott von ihm fern. Wurde beim Spielen vor dem Haus ein Junge grob zu ihm, musste Mbarka nur auf die Türschwelle treten, um den Lümmel zur Ordnung zu rufen. Lag Salim später lesend auf dem Bett, saß Mbarka auf einem Hocker daneben und hielt seine Hand. Die Geschwister hänselten Salim für dieses fürstliche Gebaren, «aber sie ist glücklich so», sagte er dann. Keine Häme konnte ihn treffen, für ihn hatte diese Fürsorge nichts Beschämendes. Später würde Salim Informatik studieren und als Einziger der Familie ins Ausland gehen, nach Frankreich. Und obwohl er jeden Sommer in Sousse verbrachte, wurde das Bild seiner Mutter in der Ferne immer schwächer, während Mbarkas Schweigen jeden seiner französischen Schritte begleitete.

10.

Hassan, der Jüngste, stand unter Salims Obhut. Er liebte es, sich auf dem Markt oder der Straße vor ihm zu verstecken, bis Salim verzweifelt den Heimweg antrat, um seinen Eltern die Nachricht zu überbringen, dass ihr jüngster Sohn nun endgültig von einem Djinn entführt worden sei.

Zum Aushilfs-Chauffeur hatte Hassan sich selbst ernannt, als er achtjährig seinem Vater mit abschätziger Handbewegung erklärte, der eigentlich vorgesehene Ismael sei für den Straßenverkehr nicht ausgebufft genug; wozu sein älterer Bruder beinahe erleichtert nickte. Idi Ben Said war darüber so belustigt, dass er seinen Jüngsten zum Spaß tatsächlich ans Steuer setzte. Und Hassan manövrierte zu seinem Erstaunen, als habe er seit Jahren nichts anderes getan. Darauf war nie wieder von einem anderen Fahrerersatz die Rede.

Später studierte Hassan Landwirtschaft, wurde Direktor einer Landwirtschaftshochschule und ließ sich einen Schnurrbart stehen.

11.

In Sousse hatten sie zunächst mitten in der Stadt gewohnt, beinahe an den Toren zur Medina. Es war ein altes Haus gewesen, mit einem Innenhof, um den herum die Zimmer angeordnet waren und in dem ein Brunnen plätscherte. Mbarka, das Kindermädchen, hatte dort gesessen und Bohnen geschält, Okra geschnitten oder Kichererbsen zermahlen. Mbarka war länger in der Familie als die Kinder, die Mutter hatte sie als Teil der Aussteuer mitgebracht. Sie hatte nie geheiratet, und niemand hätte sie sich aus dem Haus fortdenken können.

Als Yamina etwa zehn war, zogen sie in ein moderneres Viertel um. Das neue Haus hatte keinen Innenhof, sondern einen gefliesten Hof nach hinten hinaus, in dem Mbarka die Wäsche aufhängte. Mbarka hatte sich nur schwer von dem alten Haus getrennt, von seinen schattigen Zimmern, den hohen Decken, dem Gemurmel der Stadt jenseits seiner Mauern. Doch bald ließ sie sich von den Annehmlichkeiten des neuen Hauses erobern. Die Fliesen waren leichter zu wischen als die handbemalten Kacheln, die Zisterne im Badezimmer funktionierte ohne Mucken, und einen eigenen Granatapfelbaum hatten sie jetzt vor der Tür. Granatäpfel, deren Kerne Mbarka aus der Schale löste, bis ihr der rote

Saft über beide Arme lief, und die sie mit Orangenblütenwasser beträufelte.

Mbarka ging nun nicht mehr in der Medina einkaufen, nur gelegentlich begleitete sie Mariam im Taxi ins Stadtzentrum. Sie war gern durch den Halbschatten der Gassen und Bogengänge gewandert wie durch die Eingeweide eines trägen Tiers, in die Motorengeräusche und das Geschrei der Straßen nur gedämpft drangen.

Dafür mussten sie jetzt nicht mehr aufpassen, dass die Kinder nicht durch das Stadttor schlüpften und im Souk verschwanden. Stundenlang hatte Mbarka auf der Türschwelle des alten Hauses gesessen, wenn Salim oder Hassan mit anderen Kindern auf der Straße spielten. Im Souk biegt ihr um eine Ecke und taucht nie wieder auf, hatte ihre Mutter ihnen eingebläut, und noch lange hatte ihr Respekt vor den verwinkelten Gassen, die sich hinter der Stadtmauer auftaten, angehalten. Ein zwei Jahre älterer Nachbarsjunge wusste von einem Mädchen, das seiner Mutter in die Medina nachgelaufen war und nie mehr gefunden wurde. Als Salim ihn fragte, wo das Mädchen gewohnt habe, zeigte der Nachbarjunge in eine unbestimmte Richtung hinter den Häusern.

12.

In Tunis verliebte sich ein junger Mann in Yamina, ebenfalls Student der Ökonomie. Er schrieb kleine Kärtchen, die er ihr beim Verlassen der Aula zusteckte. Sie las sie wie lange erwartete Tribute, und immer auch mit der leisen Enttäuschung, nicht so bewegt zu sein, wie sie es sich ausgemalt hatte. Aber er war ein angenehmer junger Mann, sie trafen sich abends in einem Café an der Avenue Habib Bourguiba, und sonntags schlenderten sie zwischen den blauweißen Häusern von Sidi Bou Said hindurch und tranken Minztee mit grünen Mandeln auf einer Terrasse über dem Meer.

Nach einigen Monaten des Händchenhaltens drehte er sich einmal unvermittelt zu ihr, sie dachte, er wolle in einen der Hauseingänge hineinsehen, und wich zurück, um ihm die Sicht freizugeben, da streifte sein Mund den ihren. Noch ehe sie die Ergriffenheit heraufbeschwören konnte, die sich in solch einem Moment einstellen sollte, befand sich sein Gesicht wieder in der gewohnten Entfernung, leicht gerötet. Sie sagte sich, dass es wohl darum ging, die Geschwindigkeiten aufeinander abzustimmen, und nickte mit gesenkten Augen, als er sie fragte, ob sie ihn heiraten wolle. Seine Stimme bebte.

13.

Youssef, so hieß der junge Mann, kam aus der städtischen Mittelschicht. Sein Vater war ein Beamter in der Finanzbehörde, der die Vormittage über Formulare stempelte und nachmittags mit einem Zahnstocher auf dem Balkon saß, von seiner Frau mit heißem Tee und Gebäck versorgt. Kam Youssef nach Hause, nickten sie sich zu, der Vater strich sich räuspernd mit beiden Händen über die Schenkel, und Youssef ging wortlos in sein Zimmer. Auf seinem abgewetzten Schreibtisch unter der Wand mit den Fußballwimpeln schlug er seine Bücher auf und lernte die Gesetze des Finanzwesens auswendig.

Von seiner Verlobung mit Yamina erzählte Youssef zu Hause nichts. Sie waren sich einig, dass es besser sei, die Eltern nach seinen Abschlussexamen offiziell in ihre Heiratspläne einzuweihen. Einstweilen kam Youssef jeden Sonntagnachmittag zum Tee zu Yaminas Tante, die von seinen umständlichen Manieren entzückt war. Sie berichtete Yaminas Eltern von der vielversprechenden Partie. Manchmal ließ sie die beiden jungen Leute sogar für zehn Minuten allein im Zimmer. Niemand erinnerte sie daran, dass sich in der Universität Mädchen und junge Männer längst in den Korridoren mischten. Von den Spaziergängen durch Sidi

Bou Said wusste sie nichts. Yaminas Vater kam für einen Tag in die Hauptstadt, um den zukünftigen Kandidaten unter die Lupe zu nehmen, und fuhr ruhigen Herzens zurück. Die neue Mode, sich seinen Ehepartner selbst auszusuchen, leuchtete ihm ein.

Einige Monate nach ihrer heimlichen Verlobung bestand Youssef sein Diplom mit Auszeichnung, worauf ihm angeboten wurde, für ein Doktorandenjahr nach Frankreich zu gehen. Die Kurse dort hatten bereits begonnen, so dass keine Zeit blieb, das langersehnte Verlobungsfest zu feiern. Vor seiner Abreise fuhr Youssef jedoch zumindest zu Yaminas Vater, um ihn um die Hand seiner Tochter zu bitten, die ihm gewährt wurde. Man vereinbarte, dass Yamina bis zu Youssefs Rückkehr aus Toulouse ein weiteres Jahr auf der Universität bleiben sollte. Für Youssefs Abreise hatte Yamina sich ein Spitzentaschentuch ihrer Tante geborgt, mit dem sie sich die Augen abtupfte. Im Taxi vom Flughafen zur Universität fühlte sie sich zu schwach, um den Englischkurs zu besuchen, stattdessen ging sie mit einer Freundin Eis essen.

14.

Die Eisdiele mit ihrer hellblauen Leuchtschrift und den runden gelben Tischen lebte als Treffpunkt für die Freundinnen wieder auf; nur wenige Vorlesungen befand Yamina während des ihr verbleibenden Jahres noch für lohnend. In den Pastellfarben des Lokals, unter den Palmen des Boulevards, fühlte man sich wie in dem Dekor eines Films, als könnte jederzeit eine weiße Limousine vor der Tür halten, mit einem umwerfenden jungen Mann am Steuer, der soeben das Mädchen seiner Träume erspäht hatte. Das Beste war jedoch, dass es kein Dekor war, die Palmen spitzten ihre grünen Wedel in die Höhe, durch die Glasfront sah man die mitunter wahrhaft stattlichen Wagen vorbeifahren, während mattrosa lackierte Fingernägel sich um Gläser mit Mandelmilch schlossen. Der Nagellack musste vor den Wochenendbesuchen in Sousse natürlich entfernt werden, auch die mit einem Hauch Rouge versehenen Wangen durfte die Mutter nicht sehen, aber in der Hauptstadt kümmerte das niemanden. Selbst die Tante, bei der Yamina und ihre Schwester wohnten, monierte nicht die über dem Knie endenden Röcke, die in den schicken Vierteln der Stadt zur Schau getragen wurden und nur in den einfacheren Gegenden Pfiffe ernteten.

Yamina genoss die ihr noch verbleibende Mädchenzeit in vollen Zügen, während ihre Mutter zu Hause mit zwei bezahlten Frauen an ihrer Aussteuer arbeitete, Tischdecken mit Goldrändern einfasste, Nachthemden aus feinen Seidenstoffen nähte und sich Schmuckhändler ins Haus kommen ließ, die ihr ziselierte Goldarmreifen und Ohrringe aus Zuchtperlen vorführten. Den Schmuck wählte Yamina an ihren Besuchswochenenden aus, zu den anderen Besorgungen konnte ihre Mutter sie nicht bewegen. «Die Universität», sagte Yamina, und das war schon mehr als genug, da ihre Mutter ohnehin nicht verstand, wozu dieser Ausflug in die Wissenschaft gut sein sollte, was in Idi Ben Saids Gegenwart niemand hätte laut aussprechen dürfen. Die akademische Laufbahn seiner Tochter war sein persönliches Glück und die Hochzeit in seinen Augen eigentlich unnötig früh, doch in der Meinung, beides ließe sich wohl noch vereinbaren, fügte er sich in den Lauf der Welt. Gegen den auch Yamina nichts einzuwenden gehabt hätte, wäre nicht eines Nachmittags vor der Eisdiele zwar keine weiße Limousine, jedoch eine Gruppe junger Leute vorbeigekommen, darunter ihre Jugendfreundin Lilia, die sie an einem der Tische erspähte und mit einem Aufschrei begrüßte.

15.

Lilia und Yamina hatten viele Sommer zusammen verbracht. Lilia kam aus Sfax, war aber fast jeden August zu ihrer Großmutter nach Sousse geschickt worden, einer Nachbarin von Yaminas Großmutter. Lilia war ein Jahr jünger als Yamina, hatte gerade erst die Schule abgeschlossen und von ihren Eltern die Erlaubnis bekommen, ihren Bruder zu besuchen, der in der Hauptstadt Medizin studierte.

Diesen Bruder, Said, kannte Yamina nicht. Mit den Händen in den Hosentaschen und konzentriert schräggelegtem Kopf stand er ein Stück weiter, zwei Freunden zugewandt, mit denen er über den Stoff einer bevorstehenden Prüfung debattierte. Er war groß und schlaksig und hatte eine Brille, die es Yamina sogleich angetan hatte. Aus den Augenwinkeln schielte sie zu den drei jungen Männern hinüber, während Lilia ihr in allen Einzelheiten berichtete, was sie während der Woche ihres Aufenthalts alles unternommen hatte.

«…und dann haben wir meine Tante in der Marsa besucht, am Strand dort lagen Ausländerinnen ohne Bikinioberteil, stell dir vor, das sieht man doch nicht mal in Sousse, oder?, und dann waren wir bei der Hochzeit von einer Cousine, ach nein, vorher noch bei einem Großonkel, der hat mich gefragt, ob ich denn eine alte Jungfer bleiben will, und dabei hat er sich nacheinander zwei Schafsaugen in den Mund gesteckt, ekelhaft, ein richtiger Bauer, dabei möchte man doch meinen, dass hier alles ein bisschen fortschrittlicher ist, oder?»

Yamina nickte zerstreut und fragte beiläufig: «Und dein Bruder, hat der schon eine Verlobte?»

«Said? Der sitzt doch von morgens bis abends nur über seinen Büchern. Bestimmt wird er mal ein ganz berühmter Arzt. Ich glaube, meine Mutter hat irgendeine entfernte Cousine für ihn vorgesehen.»

Yamina sah sie mit gesenktem Kopf an. «Du meinst, sie will ihn verheiraten? Heutzutage? Einen Medizinstudenten?»

«Keine Ahnung, bei uns in Sfax haben sie ganz eigene Vorstellungen, was das betrifft», sagte Lilia. «Du weißt ja, von den guten Familien und der Sfax'schen Besonderheit und so.»

Yamina lachte. «Von der Sfax'schen Großspurigkeit, meinst du wohl.» Schon früher hatten sie sich über den Dünkel lustig gemacht, der den Bewohnern dieser südlichsten größeren Stadt nachgesagt wurde. Wenn Lilias Großmutter sich wieder einmal seufzend an die schwere Stunde ihres Fortzugs aus der Heimatstadt erinnerte. «Und das nur, weil dein Großvater in Sousse eine Bank unterstellt bekam, Lilia. Als hätte es in Sfax keine Banken gegeben. Aber wenigstens ging deine Mutter zurück nach Sfax, ich hätte es nicht ertragen, sie einen Hiesigen heiraten zu sehen.»

Yamina warf einen raschen Blick auf die Medizinstudenten. «Aber glaubst du, er ließe das zu?»

Lilia nestelte an den Bändern ihrer bestickten Sommerbluse und antwortete nebenbei, ihr Bruder äußere sich zu so etwas nicht. «Meine Mutter ist schon halb verzweifelt, aber ich sage dir ja, den interessieren nur seine Bücher. Wie auch immer», schloss sie das Thema ungeduldig ab, da es ihr nicht gelungen war, ihre Blusenbändchen neu zu binden. «Lass uns morgen zusammen Eis essen gehen, wenn du Zeit hast. Dann musst du mir alles von deinem Leben hier erzählen. Und von deinem Verlobten.» Lilia machte eine Grimasse. «Meine Großmutter hat da etwas verlauten lassen. Er ist also gerade in Frankreich?»

Yamina machte eine unbestimmte Kopfbewegung, die wieder das ernste Gesicht mit der schwarzrandigen Brille von Lilias Bruder in ihr Sichtfeld brachte.

16.

In den nächsten beiden Wochen trafen Lilia und Yamina sich beinahe täglich, und fast immer gelang es Yamina, dabei irgendwie auch Said zu begegnen. Sei es, indem sie Lilia nach dem Kino nach Hause begleitete, sei es, indem sie Lilia dazu brachte, ihren Bruder an der Uni abzuholen und in kleiner Runde einen Limettensirup in einem der Cafés am Boulevard zu trinken. Said wirkte anfangs erstaunt über ihre Gegenwart, doch mit der Zeit verlor er etwas von seiner Förmlichkeit, machte mitunter sogar einen Scherz und streifte sie dabei flüchtig mit dem Blick, um zu sehen, ob sie lachte. Und natürlich lachte Yamina, noch ehe die Pointe kam, weil es die umständliche, etwas steife Art von Saids Erzählen war, die ihre Mundwinkel zum Zucken brachte und sie gleichzeitig mit einer seltsamen Ergriffenheit erfüllte. Said entstammte schließlich einer der alten Familien von Sfax, die nicht gerade für ihren Humor berühmt waren. Nicht alle Tage wurde man von jemandem aus Sfax zum Lachen gebracht. Von einem Medizinstudenten aus Sfax, der einmal ein bedeutender Arzt werden würde, mit eigener Praxis oder in einem modernen Krankenhaus, dessen Frau jeder ehrfürchtig grüßen würde.

«Ein Arzt aus Sfax, bist du des Wahnsinns?», rief Nadia

aus, als Yamina ihr von ihrem nachmittäglichen Zeitvertreib berichtete. «Du weißt doch ganz genau, dass die aus Sfax nur unter sich heiraten.»

«Aber wer redet denn von Heiraten», wich Yamina aus und zog Fusseln aus ihrem gelben Bolero-Jäckchen.

«Yamina Ben Said, ich kenne dich mein ganzes Leben lang, und ich kenne auch diesen Blick, den du bekommst, wenn du etwas haben willst!»

Yamina bedeutete ihr beschwörend, die Stimme zu senken, damit ihre Tante im Nebenzimmer nichts hörte.

«Doch, doch, da kannst du noch so herumfuchteln, ich kenne dich, aber das ist kein Spiel, Yamina, und auf Papas Hilfe kannst du auch nicht zählen, der Junge kommt aus Sfax, meine Liebe, vergiss es.»

Yamina wickelte sich eine ihrer dunkelbraunen Haarsträhnen um den Finger und fixierte sie. «Es ist doch nichts dabei, jemanden nett zu finden», murmelte sie.

«Nett, nett», ahmte Nadia sie nach. «Yamina, wach auf, du bist verlobt, wenn ich dich erinnern darf. Die Bräutigamssuche ist vorbei. Junge Männer sind nicht einfach nur nett. Du lebst nicht in Europa.»

«Das sagt ausgerechnet unsere Vollblut-Engländerin!»

«Eben, deshalb, ich war dort, ich kann das sagen. Und ich kann dir auch sagen, dass du dir deine Zukunft nicht verscherzen solltest. Du vor allem nicht.»

«Was soll das heißen?» Yamina sah mit vorgeschobenem Kinn von ihrer Haarsträhne auf.

«Nichts, Yamina, ich meine nur, du solltest dich nicht in zweideutige Situationen begeben. Es wäre besser.»

«Was weißt du schon!» Yamina stand auf und ging zur Tür. «Was kennst du denn bitte, außer deinen Büchern? Du hast ja noch nicht mal auf dreißig Meter Entfernung einen Verehrer gehabt. Geschweige denn einen Freund. Nein, so will ich nicht enden, und deine Ratschläge kannst du dir sparen, vielen Dank.»

Erschrocken sah die Tante von ihrem Stickrahmen auf, als die Zimmertür zuschlug und Yamina mit trotzigem Gesicht im Korridor stand.

«Seid doch nett zueinander!», sagte sie und beugte sich wieder über ihre Handarbeit. «Möchtest du einen Minztee?»

17.

Dann kam der Ramadan, und die Tante weckte sie um halb sechs Uhr morgens auf, und wenn sie in die Küche kamen, standen auf dem Tisch Kaffee, süßes Brot und Datteln, auch Käsefladen oder Eierauflauf mit Hühnchen vom Vortag, damit sie sich vor Sonnenaufgang etwas stärkten. Was Nadia auch pflichtbewusst tat, während die Tante immer wieder abwechselnd auf die rote Küchenuhr schaute und Yamina zum Essen anhielt, «wie willst du sonst den Tag an der Universität überstehen, Kind, Denken ist anstrengend, nimm wenigstens von den getrockneten Feigen, aber *fissa fissa*, in sieben Minuten geht die Sonne auf». Yamina trank ihren Kaffee und murmelte verschlafen, dass sie so wenigstens abnehmen würde, woran sie bis etwa elf Uhr vormittags auch glaubte. Dann verdarb der Hunger ihr die Laune und ließ sie keinen Gedanken mehr fassen, bis sie mittags unter den Arkaden vor der geschlossenen Kantine Nadia traf. Sie setzten sich auf eine Bank unter den weißen Geruch der Orangenblüten, und Nadia steckte Yamina verstohlen etwas in Alupapier Eingeschlagenes zu. Yamina nestelte es auf und steckte sich ein Stück Quiche oder Lammfleisch mit Fladenbrot in den Mund, manchmal auch nur ein hartes Ei oder klebrig süße Baklava, weil Nadia nichts anderes hatte ergattern können, während die Tante Yamina zum Essen antrieb.

«Du bist ein Schatz, Nadia, willst du nicht auch ein bisschen?», sagte Yamina mit vollem Mund, doch Nadia überwachte den Weg, der an ihrer Bank vorbeiführte, und von Zeit zu Zeit zischte sie leise, worauf Yamina eine Rockfalte über das Alupapier schlug und zu kauen aufhörte, bis der Passant vorüber war. Yamina wusste nicht, ob Nadia tatsächlich strikt fastete oder ob sie sich nicht einmal ihrer eigenen Schwester gegenüber eine Blöße geben wollte. Sie bemühte sich jedoch nicht weiter, es herauszufinden.

18.

Said hielt sehr viel vom Fasten. «Eine auch aus medizinischer Sicht nützliche Pflege der Traditionen», sagte er. An diesem Nachmittag hatte er sie von der Universität abgeholt, und sie schlenderten an den geschlossenen Geschäften vorbei die Avenue entlang. Nicht alles an der Religion sei zeitgemäß, aber auch er wolle seinen Kindern später einmal einen Hafen bieten. Yamina sagte nichts und dachte, was für ein ebenmäßiges Profil er doch habe. Sie sah sich mit einem kleinen Jungen an der Hand, der ebendieses Profil haben würde, durch Sfax gehen und alle Blicke auf sich ziehen.

«Said?»

«Ja?» Eine ganze Weile war er schweigend neben ihr hergegangen. Sein besonnener Blick lag auf ihr. Yamina neigte ihren Kopf leicht zur Seite, um ihren Hals zur Geltung zu bringen, und sah die Pflastersteine unter ihren Schritten weggleiten.

«Said, meinst du nicht, wir treffen uns etwas zu oft?»

Er antwortete nicht gleich, seine schwarzen Schuhe schritten fest neben ihren Sandalen.

«Ich meine», fuhr sie fort und lauschte befriedigt ihrer zögerlichen Stimme, «es ist vielleicht ein bisschen auffällig. Die Leute, du weißt schon.»

«Yamina, wenn es dir lieber ist, dass wir uns nicht mehr sehen, dann respektiere ich das voll und ganz.»

Sie sah schnell auf. «O nein, das will ich nicht sagen, ich dachte nur – wir könnten doch – ach, Said, du weißt schon, was ich meine.»

Said war stehen geblieben. «Yamina, ich schätze dich sehr, das weißt du», sagte er ernst. «Und ich bin mir bewusst, dass mein Verhalten dir gegenüber nicht korrekt war. Ich bin gern in deiner Gesellschaft, aber ich hätte dir sagen müssen, dass bei uns in Sfax das Heiraten eine sehr delikate Angelegenheit ist und ich mich nicht so leicht über die Wünsche meiner Familie hinwegsetzen kann.»

Er räusperte sich, und Yamina fühlte den Gehsteig unter ihren Füßen wanken.

«Aber», redete er dann etwas heiser weiter, «ich denke, dies ist in der Tat etwas, das ich nicht länger aufschieben darf, und die Stunden, die wir hier gemeinsam verbracht haben, geben dir mindestens ebensolches Anrecht darauf, meine Frau zu sein, wie irgendeine entfernte Cousine es haben kann, die ich einmal in meinem Leben gesehen habe.»

Yamina unterdrückte ein Glucksen. Sie verwendete alle Anstrengung darauf, weiter den Boden vor sich zu fixieren. Für einen Augenblick wurde sie von einem Paar feiner französischer Sandaletten abgelenkt, die unmittelbar an ihnen vorbeigingen. Da legte Said seine Hand auf ihre Schulter, und sie hielt es für angemessen, langsam aufzuschauen.

«Yamina, ich bin auch meiner Mutter gegenüber verpflichtet, ich kann dir jetzt noch nichts sagen. Aber ich spreche mit ihr, gleich morgen fahre ich nach Sfax, ja?»

Yamina sah ihn mit großen Augen an und nickte tapfer. Mit einem Lächeln drückte Said ihre Schulter.

19.

Lieber Youssef,
ich weiß, dass dieser Brief Dir nahegehen wird, und bitte verzeih, dass ich so direkt zur Sache komme (ich hoffe natürlich, es geht Dir gut), aber während dieser Zeit unserer Trennung habe ich erkannt, dass unsere Leben nicht dafür geschaffen sind, sich für die Ewigkeit zu verbinden. Ich denke, es wäre ein Fehler, auf etwas zu beharren, das vom Schicksal nicht wirklich so gemeint war. Ich glaube, Du kannst das verstehen, und ich bin mir sicher, dass das Schicksal Dir noch vieles bereithält. Ich würde mich freuen, wenn wir uns später einmal ohne Groll wiedersehen könnten.
Sei meiner aufrichtigen Freundschaft versichert,
Deine Yamina

Entschlossen hatte Yamina den Umschlag angeleckt und zugeklebt, der von Youssef in seinem Studentenwohnheim in einem Pariser Vorort fraglos ungeduldig aufgerissen wurde. Ob seine unmittelbare Reaktion eher wütend oder niedergeschmettert war, hätte er wahrscheinlich selbst kaum zu sagen gewusst, aus dem Brief jedenfalls, der wenige Tage später als Antwort im Haus von Yaminas Tante eintraf, ging deutlich hervor, dass Youssef nicht gewillt war, irgendeine Art von Freundschaft auf solch einen Affront folgen zu lassen. Niemals, aber auch niemals hätte er vermutet, dass er sein Vertrauen in ein so liederliches Frauenzimmer gelegt habe, und so könne er wohl von Glück reden, dass ihm eine Zukunft an ihrer Seite erspart bleibe. Weil sie ihm aber jegliches Verlangen vergällt habe, sich jemals wieder in die launischen Fänge einer Frau zu begeben, verfluche er sie tausendmal und wünsche auch ihr, dass sie niemals heiraten möge.

Erschrocken ließ Nadia das Blatt sinken. «Aber was hast du ihm nur geschrieben?», fragte sie Yamina. «Und warum? Said ist jetzt schon seit zwei Wochen in Sfax, und du hast immer noch nichts von ihm gehört. Hättest du nicht wenigstens die Reaktion von Saids Familie abwarten können?»

«Ach was. Was soll die denn gegen mich auszusetzen haben? Mütterlicherseits haben wir den besten Stammbaum Kalâa Kebiras. Und Papa hat mit Bourguiba gekämpft. Die sollen sich nicht so haben.»

Nadia schüttelte den Kopf. «Mir kommt das langsam zu lang vor, das sage ich dir. Und dann dieser Brief, hört sich doch fast wie ein richtiger Fluch an.»

Yamina zog ihr den Brief aus der Hand und zerriss ihn in kleine Fetzen. «So ein Unsinn, das ist ein Stück Papier, und Youssef hat keine Ahnung, was soll der schon von Flüchen wissen, er hat Betriebswirtschaft studiert.»

So bekam der Rest der Familie den Brief nie zu Gesicht. Später hieß es oft, sie hätte ihn besser aufgehoben, dann wäre es einfacher gewesen, einen Gegenfluch zu finden. Aber das war später.

20.

Zunächst war Yaminas Aufregung ob Saids bevorstehender Rückkehr groß. Sie war sich sicher, dass auch für ihn ihre Spaziergänge in den Alleen von Tunis wesentlich bindender geworden waren als das Versprechen seiner Eltern an irgendwelche entfernten Verwandten.

Als Said wenige Tage später tatsächlich anrief und sich mit ihr in dem Eiscafé am Boulevard verabredete, riss Yamina bei der Überlegung, was sie zu diesem fraglos ganz besonderen Anlass anziehen sollte, all ihre Kleider aus dem Schrank. Dann musste sie sich selbst neben das bunte Stoffmeer aufs Bett setzen, da ihre Knie nachgaben, und sie war nur froh, die Angelegenheit mit Frankreich rechtzeitig geklärt zu haben.

Sie kam zu früh im Eiscafé an, doch dieses Mal drehte sie nicht noch eine Runde um den Block, an den Schuhputzern vorbei, die ihr sonst erfinderische Komplimente zuwarfen. *Mademoiselle, mein Herz unter Ihrem Schuh. Ma belle, schauen Sie mich nur einmal an, und ich vergesse, wie ich heiße. Ya ghzéla, meine Gazelle, für eine Träne von Ihnen gebe ich mein rechtes Auge.* Sie setzte sich an einen der weißen Eisentische in der hinteren Reihe, schlug die Beine übereinander und musterte unauffällig die Passanten. Zum ersten Mal hatte es nichts Unwürdiges, allein an einem Cafétisch zu sitzen – ihr Warten war ein begrenztes und hatte ein ganz bestimmtes Ziel, das es geradezu triumphal machte. Stundenlang hätte sie dort sitzen können, Hof haltend an dem schattigen Gehsteig des Boulevards, und hätte jemand sie gefragt, was nur leider niemand tat, auf wen sie denn warte, hätte sie gesagt: auf meinen Bräutigam.

So verging eine ganze Weile, ohne dass es Yamina in den Sinn gekommen wäre, auf die Uhr zu schauen, dann stand plötzlich Said vor ihr. Und wirkte gar nicht wie ein glücklicher Bräutigam. Sein Gesicht war ernst, als er sich neben sie setzte, höflich fragte, ob sie schon etwas bestellt habe, und auf ihr Kopfschütteln hin dem Kellner drinnen zurief, er solle ihnen zwei Limonaden bringen.

«Wie geht es dir, Yamina?», fragte er, und der Klang seiner Stimme trübte mit einem Mal das heitere Treiben auf der Straße, die Passanten verloren ihr Lächeln, und von ihr selbst ging kein Strahlen mehr aus.

«Gut», sagte sie deshalb nur, und ihre Stimme klang dünn.

«Das ist schön», erwiderte Said, den Blick starr vor sich auf die Straße gerichtet. «Denn was ich dir zu sagen habe, ist nicht besonders erfreulich. Wahrscheinlich hast du es schon geahnt, nachdem ich so lange keine Nachricht gegeben habe.»

Aber das hat doch nichts zu bedeuten, hätte Yamina am liebsten ausgerufen, wer Vertrauen hat, braucht keine Nachrichten, er denkt sie sich. Aber ihre Lippen lagen fest aufeinander.

«Meine Eltern haben nichts gegen dich persönlich, aber sie sehen sich an ihr Versprechen gebunden, und es wäre eine Schande für sie, würde ihr Sohn es auflösen. Das mag sich sehr archaisch anhören, ich weiß», jetzt wandte Said sich ihr zu, «aber ich bringe es nicht über mich, mit meiner Familie zu brechen. Zudem möchte ich mich nach dem Studium in Sfax niederlassen, dafür habe ich Medizin studiert. Ich bin nicht jemand, den man einfach verpflanzen könnte, bitte verzeih.»

Seine Stimme wurde immer leiser, ihre anfängliche Entschlossenheit war verflogen. Yamina sah zu, wie er nach seinem Limonadenglas griff, und fühlte fast so etwas wie Verachtung. Er war ihrer nicht wert. Natürlich. Wie hatte sie so blind sein können. So wenig wert wie Youssef, der Gift sprühende Briefe aus Frankreich schickte, anstatt einfach einzusehen, dass ihr anderes bestimmt war.

Der Mann müsse erst noch geboren werden, der ihr das Wasser reichen könne, hatte ihr Vater immer gesagt. Yamina hatte gedacht, ihn in Said gefunden zu haben, doch das war ein Irrtum gewesen. Said hatte sie durch seine souveränen Umgangsformen getäuscht, seine Ernsthaftigkeit, die sie so charmant gefunden hatte. Eine hohle Wand, die der kleinste Wind umblies.

«Ich weiß gar nicht, wovon du sprichst, Said», sagte Yamina mit ihrer unnatürlichsten Stimme. «Ich dachte, wir wollten ein Eis zusammen essen. Auf Limonade habe ich keine Lust.»

Damit schob sie ihr Glas von sich weg, stand auf und blickte zu ihm hinab. Sie sah, dass seine Haare sich am Hinterkopf bereits zu lichten begannen. Bald wird er eine Glatze bekommen, dachte sie mit Genugtuung.

«Und, Said», sagte sie. Er richtete hinter seinen Brillengläsern einen schmerzvollen Blick auf sie. «Ich hoffe, du hast deine Mutter um Erlaubnis gefragt, ob du dich hier so einfach mit einem nicht zur Familie gehörenden Mädchen treffen darfst. Es wäre mir unangenehm, wenn du meinetwegen Scherereien bekämst.»

21.

Yamina fuhr nach Sousse, um auf andere Gedanken zu kommen. Die Prüfungen an der Universität würde sie im September nachholen können. In der Familie rieten ihr alle, den Kontakt zu Youssef wiederaufzunehmen.

«Er war doch eigentlich sehr nett», sagte Nadia.

«Es war unrecht von dir, ihn so zu behandeln», sagte ihre Mutter.

«Du wirst noch eine alte Jungfer werden», sagten ihre Brüder.

Nur Idi Ben Said war der Meinung, dass Yamina es nicht nötig habe, bei irgendjemandem Abbitte zu leisten. Seine Tochter werde noch jede Wahl haben, um eine phantastische Partie zu machen, jetzt solle sie erst einmal fertig studieren.

«Aber warum soll sie denn studieren, wenn sie doch heiraten wird?», jammerte Yaminas Mutter, einen großen Koran vor sich auf dem Wohnzimmertisch aufgeschlagen.

«Ja, ja, du mit deinem Propheten, aber solange in diesem Buch nicht steht, dass auch Mädchen eine anständige Ausbildung bekommen müssen, weigere ich mich, es zu lesen», fuhr Idi Ben Said auf.

«Als hättest du das je vorgehabt», versetzte die Mutter zurück, den Schleier mit der Hand vor den Mund gezogen, ohne den Blick von den goldumrankten Buchstaben zu heben. «Kann selbst nicht lesen und schreiben und will seine Töchter zu Gelehrten machen. Und wofür, bitte schön?»

Aber da hatte Idi Ben Said den Raum schon verlassen und war zu seinem Chauffeur ins Auto gestiegen, um einen Olivenbauern im Nachbardorf aufzusuchen, dessen Öl er nach Frankreich ausführte. Für seine Exportgeschäfte stand Idi Ben Said in regem Kontakt mit Schafzüchtern, Melonen-, Dattel- und Mandelbauern, kaufte Orangen und Zitronen, die in Tunis über das Mittelmeer verschifft wurden. All diese Transaktionen wickelte er im Kopf ab, kein Soll und kein Haben war schriftlich festgehalten. Sein Gedächtnis funktioniere besser als ein frisch geschmierter Motor, sagte er immer, und tatsächlich verblüffte er seine Geschäftspartner ein ums andere Mal mit präzisen Kopfrechnungen. Niemand aus der Familie wagte daran zu denken, was sein würde, wenn der Motor einmal zu stottern anfinge.

Aber in diesem Sommer drehte sich alles um Yamina und die Frage, ob es zu früh sei, erneut Anwärter in Betracht zu ziehen. Denn an Bewunderern fehlte es nicht. Gingen Nadia und Yamina die Hauptstraße von Sousse entlang, bot sich immer irgendeiner an, ihnen die Tüten abzunehmen, waren auch nur zwei Orangen oder ein gerade erstandenes Tuch darin. Yamina strich sich dann über ihr violettes Etuikleid, das sie nur anziehen konnte, wenn ihre Mutter gerade bei Verwandtenbesuch außer Haus war, da es zwei Finger über dem Knie endete, und sah Nadia mit der stummen Frage an, ob man das Angebot annehmen könne. Nadia musterte den entsprechenden jungen Mann ganz unverhohlen, blies sich eine Haarsträhne aus dem Gesicht und sagte: «Na gut, wenn du unbedingt den Umweg machen willst. Aber zwei Blocks vor unserem Haus verziehst du dich, verstanden?, sonst kriegen wir es mit unserer Mutter zu tun.»

Und so schlenderten Yamina und Nadia neben dem stolzen Träger dahin, ohne ihn eines Blickes oder Wortes zu würdigen, bis man die verabredete Stelle erreicht hatte, der junge Mann seine kostbare Last wieder aus den Händen gab und mit zwei Sätzen versuchte, eine Verabredung für sich zu erwirken.

«Das sieht man dann schon», fuhr Nadia ihm über den Mund, «wir müssen jetzt nach Hause.»

Woraufhin beide Mädchen den Rest des Weges allein zurücklegten, sich das Kichern mühsam verkneifend, und sich einig waren, dass solche zögerlichen Galane nicht in Betracht zu ziehen waren.

22.

Aber es gab auch andere Bewerber, die durchaus ernst genommen werden konnten und die Yamina für Momente die große Schmach vergessen ließen, der sie sich ausgesetzt gesehen hatte, auch wenn außerhalb der Familie darüber keine Silbe fiel. Manche Verwandte fragten sogar immer noch nach Youssef, dem in Frankreich studierenden Verlobten, was ihnen bei Yamina verächtliches Schulterzucken und flehende Blicke vom Rest der Familie eintrug.

Einer der Verwandten, der nichts fragte, war der Cousin dritten Grades Farid. Für den Sommer aus Tunis angereist, begleitete er seine Mutter bei einem sonntäglichen Besuch, schweigend und ein wenig abwesend, während seine Mutter sich im Glanz ihres erfolgreichen Ingenieurssohns sonnte. Nur von Zeit zu Zeit wurde er aus seiner Nachdenklichkeit gerissen, wenn Yamina ihm mit strahlendem Lächeln ein Glas Tee oder den Gebäckteller reichte, und in der Küche erzählte Yamina Nadia hingerissen, er habe beinahe blaue Augen.

«Aber du kennst Farid doch, der war schon als Kind ein Langweiler, und seine Mutter ist ein unerträgliches Klatschweib», sagte Nadia und rieb sich ihre Handgelenke, die vom Auspressen der Zitronen für die Limonade schmerzten.

«Ach was, wie man als Kind war, hat doch nichts zu bedeuten. Außerdem habe ich ihn seit mindestens zehn Jahren nicht gesehen. Und seine Mutter kann mir ja egal sein.»

«Da wäre ich mir nicht so sicher. Die Mütter sind es, die die Söhne verziehen.»

«Aber du hast doch gehört, er lebt allein in Tunis, hat eine gute Stelle, und bestimmt braucht er bald eine Frau.»

«Und da erscheinst du auf der Bühne? Aber was ist denn mit dir los, Yamina, man könnte meinen, du bist in Männernot. Du hast doch gehört, was unser Vater sagt: Studier erst einmal zu Ende.»

«Das kann ich dann immer noch», sagte Yamina und biss an ihrem Daumennagel. «Aber ich habe nicht vor, alles so einfach auf mir sitzen zu lassen. Und Farid ist sehr süß.»

«Süß», sagte Nadia und sah ihre Schwester zweifelnd an. «Yamina, hör auf mit dem Unsinn.»

23.

Diesmal wollte Yamina es von Anfang an richtig angehen. Zwei Tage später begab sie sich mit ihrer Mutter zum Gegenbesuch in Farids Elternhaus, wo sie auf Stühlen mit Goldlehne und durchsichtigem Plastiküberzug saßen und von Farids Mutter den Schmuck ihrer Schwiegermutter vorgeführt bekamen, der soeben an sie übergegangen war. Farid selbst steckte nur kurz den Kopf in den Salon, um sie zu begrüßen und sich zu verabschieden, er gehe außer Haus, wobei Yamina ihm einen tiefen Blick zuwarf. Den bekam er nicht mehr mit, dafür aber seine Mutter, die Yamina daraufhin mit plötzlichem Interesse musterte und bemerkte, Farid übe eine große Anziehung auf Frauen aus.

«Er arbeitet nur so viel, wo bleibt da noch Zeit, sich den angenehmen Dingen des Lebens zu widmen», sagte sie, an Yaminas Mutter gewandt. «Aber dafür verdient er gut, er hat eine gute Stelle in einer soliden Firma. Jetzt muss er nur noch die richtige Frau finden.»

Ihr Blick schweifte kurz zu Yamina ab. «Ich habe ihm schon gesagt, dass er auf seine Mutter zählen kann. Er ist nämlich ein wenig schüchtern, wie sie manchmal so sind, harte Schale, weicher Kern. Ich kenne meinen Sohn, ich weiß, was er braucht.»

Yaminas Mutter nickte, mit etwas verständnislosem Gesicht angesichts dieser plötzlichen Lobeshymne, der Yamina dafür gespannt lauschte. Beim Abschied ließ Farids Mutter sich von ihr die Wangen küssen und hielt dann noch einen Moment Yaminas Hand in ihren Händen.

«Komm doch bald wieder, mein Kind», sagte sie. «Farid ist noch den ganzen August hier, er wird sich freuen, dich zu sehen.»

Yaminas Mutter schüttelte den Kopf, als sie auf der Straße nach einem Taxi Ausschau hielten. «Was hat sie nur plötzlich mit ihrem Farid. Als hätte außer ihr niemand einen Sohn zur Welt gebracht. Na, soll sie ruhig zusehen, dass sic ihm eine Frau verschafft, die Leute reden ja schon.»

«Was reden die Leute, Mama?», fragte Yamina und versuchte in Gedanken, Farids Gesicht zu rekonstruieren.

«Na, was sollen sie reden, die Leute reden immer viel, aber etwas Wahres ist oft dran, und wenn einer nie Augen für eine Frau gehabt hat, dann machen andere sich eben ihre Gedanken.»

«Mama!», entfuhr es Yamina. «Wie kannst du auf solches Gerede nur etwas geben, das ist scheußlich!»

Ihre Mutter sah sie erstaunt an. «Ich sage ja nur, was gemunkelt wird. Aber mir ist das egal, was geht mich dieser Junge an, ist ja nur, weil seine Mutter nicht mehr aufgehört hat, ihn zu preisen wie ein fliegendes Dromedar.»

«Vielleicht hat er einfach nur noch nicht die richtige Frau gefunden», sagte Yamina und zupfte sich am Ohrläppchen.

Ihre Mutter hielt ein Taxi an. «Was sagst du?»

24.

Der Gegenbesuch von Farids Mutter ließ nicht auf sich warten, und diesmal sorgte sie mit ihren Anspielungen dafür, dass auch Yaminas Mutter zur Komplizin wurde, wenngleich zögerlich.

«Yamina und Farid? Aber kann das denn gutgehen?», fragte Mariam und zupfte ihr loses Kopftuch zurecht, das sie bei jedem Erscheinen ihres Mannes mit einer Handbewegung auf die Schultern streifte und bei seinem Fortgehen erneut über die Haare zog.

«Religion und Aberglaube kommen mir nicht ins Haus», war nach wie vor Idi Ben Saids Wahlspruch.

Und da half es nichts, dass Yaminas Mutter die weißen, gelben oder blauen Saffari verteidigte, die seit jeher die tunesischen Frauen eher geschmückt als nur verhüllt hatten, die ihnen Schutz boten gegen den Staub der Straße und die Sonne, die es ihnen erlaubten, unerkannt ihrer Wege zu gehen, indem sie sie mit einer Hand bis unter die Augen zogen, oder verführerisch mit dem um das Gesicht gelegten Stoff zu spielen.

«Schleier ist Schleier, und so was will ich bei mir nicht sehen», machte Idi Ben Said allen Diskussionen ein Ende. «Wir sind in der Modernität angelangt.»

Yaminas Mutter jedenfalls hatte ganz offensichtlich ihre Zweifel hinsichtlich einer möglichen Verbindung zwischen ihrer Tochter und dem in Tunis ansässigen Ingenieur Farid, den man noch nie mit einem Mädchen gesehen hatte, doch Farids Mutter wischte ihre Bedenken mit klimpernden Armreifen weg.

«Die Kinder hat es eben erwischt, Mariam, was soll man da machen», sagte sie und steckte mit bedeutsamer Miene ein Stück Baklava in den Mund. Yaminas Mutter nahm einen Schluck aus ihrer winzigen Kaffeetasse. Ihre Tochter sagte nichts, bis Farids Mutter sich jäh zu ihr umdrehte und mit einer rasselnden Bewegung ihre beiden Hände ergriff.

«Gegen das Schicksal kommt man nicht an, mein Liebes», sagte sie und strich Yamina über die Wange. Ihre Handfläche zeigte noch die rötlichen Spuren einer verblassenden Henna-Bemalung. «Aber man kann ihm auf die Sprünge helfen.» Die Augen von Farids Mutter glänzten auf bei diesem letzten Satz, den sie leiser ausgesprochen hatte, als sei er nicht unbedingt für die Ohren von Yaminas Mutter bestimmt. «Komm mich morgen besuchen, mein Kind, dann plaudern wir ein wenig. Farid ist ständig mit seinen Freunden unterwegs, aber wenn er hört, dass du kommst, schaut er sicherlich einmal wieder zu Hause vorbei.»

Als Farids Mutter gegangen war, musterte Yaminas Mutter ihre Tochter aus kurzsichtigen Augen. «Was hat sie denn mit dir zu tuscheln? Diese ganze Sache ist mir nicht geheuer. Wir sollten mit deinem Vater darüber sprechen.»

«Nein, Mama», rief Yamina auf. «Noch nicht. Du weißt doch, dass er mich erst zu Ende studieren sehen will. Außerdem erträgt er Farids Mutter nicht.»

«Eben deshalb», sagte Yaminas Mutter und fegte mit einer grazilen Handbewegung die Krümel vom Tisch in die andere Handfläche.

«Alle Baklava hat sie aufgegessen», murmelte sie.

25.

Idi Ben Said wurde noch nicht eingeweiht. Yaminas Mutter sah ein, dass die Aussichten, ihre älteste Tochter verheiratet zu sehen, ehe man beginnen würde, sie als Fräulein Doktor anzureden, sonst rapide sinken würden.

Und Yamina begab sich am nächsten Tag zu Farids Mutter. Farid blieb auch kurz im Wohnzimmer sitzen, trank aber keinen Kaffee, den vertrage er nicht, sagte er.

«Seit seinem Studium in Kanada ist er empfindlich geworden», lachte seine Mutter. «Erzähl doch Yamina etwas von Montreal. Wie kalt es dort im Winter ist.»

Farid verzog den Mund zu einem unbehaglichen Lächeln. Yamina erwiderte es aufmunternd. Darauf folgte eine lange Ausführung über die niedrigsten Temperaturen, wie lange sie anhielten und welche Art von Kleidungsstücken unter diesen Bedingungen am besten wärmte, wie lange man brauchte, um sie an- und auszuziehen, und wie geheizt dafür die Wohnungen waren. Als er das Thema abgehandelt hatte, rieb Farid sich mit beiden Händen über die Schenkel und erwähnte eine Verabredung mit einem Freund, zu der er nun aufbrechen müsse.

«Keine Minute lassen sie ihn in Ruhe, wenn er hier ist», bemerkte seine Mutter und bemühte sich, etwas Verstimmtheit in ihren Stolz zu legen. «Mein Farid war immer der beliebteste unter seinen Freunden, was soll man da machen.»

Farid murmelte rasch etwas zum Abschied und zog sich zurück.

«Er ist so schüchtern», sagte seine Mutter und ließ ihren Blick noch einen Moment auf der Tür ruhen, durch die er verschwunden war.

«Aber das gibt sich, man muss ihm nur ein bisschen nachhelfen, nicht? Dem Schicksal, meine ich. Wollen wir das tun, mein Kind, ja?»

Yamina nickte verdutzt.

«Es ist ja nicht so», sagte Farids Mutter, während sie aufstand und Yamina bedeutete, es ihr nachzutun, «dass mein Sohn nicht wollte, Gott bewahre, aber die Männer merken manchmal selbst nicht, was sie eigentlich wollen, und da ist es gut, die Dinge auf den Weg zu bringen. Das macht es ihnen leichter.»

Sie hatte sich ein Tuch um den Kopf gebunden und eine Sonnenbrille aufgesetzt. Aus der Schublade einer Kommode mit Silberbeschlag im Eingang holte sie ein weiteres Tuch und reichte es Yamina.

«Nimm das. Man muss uns nicht unbedingt schon von weitem erkennen.»

In einem Taxi verließen sie das neue Viertel mit den breiten, gehsteiglosen Straßen, an denen Häuser unterschiedlichster Größen und Proportionen emporwuchsen, manche noch unverputzt, hie und da ein mickriges Zitronenbäumchen im kahlen Vorhof, und gelangten nach kurzer Fahrt an die mächtigen Mauern der Medina, wo Farids Mutter den Fahrer halten ließ. Durch einen der kleinen Eingänge in der alten Stadtmauer traten sie in das schattige Gewirr der überdachten oder mit Stoffen überspannten Gassen, wo es nach Gewürzen und nach Weihrauch roch, nach Eseldreck und muffigen Stoffen, nach geflochtenem Bast und Rosenöl. Yamina war schon lange nicht mehr im Innern dieser Wunderhöhle gewesen; die Cafés, in denen sich die jungen Leute trafen, befanden sich jenseits der Medina zur Uferpromenade hin, und brauchte ihre Mutter etwas, das sich nur im Basar finden ließ, besorgte sie es selbst mit Mbarka.

Yamina zog unwillkürlich das Tuch fester um den Kopf. Gleichzeitig fühlte sie die Ungewissheit wie ein Prickeln in den Achselhöhlen, denn die Orientierung hatte sie längst verloren. Farids Mutter ging zielstrebig neben ihr her, grüßte den einen oder anderen Händler, ohne den Schritt zu verlangsamen. Von den äußeren Gassen, die von Zeit zu Zeit noch ein Sonnenstrahl erhellte, gelangten sie in immer kleinere und verwinkeltere Gässchen, wo das Tageslicht zu einem trüben Halbdämmer gefiltert war. An einem kleinen, von außen beinahe nicht als solcher erkennbaren Laden hielt Farids Mutter inne.

«Vielleicht sollten wir …», überlegte sie laut. «Eselhautpulver werden wir bestimmt brauchen, dann müssen wir nicht extra zurück.»

Sie bedeutete Yamina mit einem Kopfnicken, auf sie zu warten, und trat durch den mit Bündeln trockener Palmwedel behängten Türrahmen. Am Ende eines schachtartigen Gangs, zu dessen beiden Seiten sich Säcke und Kartons stapelten, saß ein dicker Mann mit roter Filzkappe und Hängebacken auf einem Stuhl und lächelte Farids Mutter herbei. Kurz darauf kam sie mit einem braunen Papiertütchen wieder heraus, das sie vorsichtig in ihre Handtasche steckte. Yamina hätte sie zu gern nach dem Inhalt gefragt, aber ihre Zunge war belegt von der staubigen Luft um den Laden. Zu gern hätte sie ein Glas Wasser getrunken oder einen Minztee, aber in diesem Teil des Souk gab es nicht einmal mehr die sonst allgegenwärtigen Erfrischungsstände. Zwei Ecken weiter bedeutete ihr Farids Mutter dann, wieder mit einem Kopfnicken, dass sie ihr Ziel erreicht hatten.

26.

Der dicke Vorhang schwang wieder hinter ihnen zu und überließ sie für einen Moment der Dunkelheit, bis ihre Augen sich an das schmutzige Licht der Kerzen gewöhnt hatten, die längs eines Wandvorsprungs und auf einem kleinen Tisch in der Mitte des Raums flackerten.

Farids Mutter hatte sich schon hingesetzt, als Yamina die Frau auf der anderen Seite des Tischs sah und zurückschrak beim Anblick der dunklen Höhlen, die ihr anstelle der Augen entgegenzustarren schienen. Doch da winkte die sonst reglose Gestalt sie schon befehlerisch näher, und diesmal lag der Staub nicht nur auf Yaminas Zunge, sondern umhüllte ihren ganzen Körper, als wäre sie nicht ganz aus dem Vorhang hervorgetreten.

«Das ist Saadia», stellte Farids Mutter die Magierin leise vor.

Aus der Nähe betrachtet sah sie nicht mehr ganz so finster aus. Zwar ließ auch jetzt der schwarze Kajal ihre gelblichen Pupillen fast verschwinden, doch als ihr Blick nun über Yaminas Gesicht streifte, hatte er fast etwas Wohlwollendes. Ihre zurückgebundenen Haare waren grau, mit einem leichten Hennaschimmer, dafür war ihre Haut noch erstaunlich glatt, bis auf ein paar tiefe Furchen um den Mund.

«So, da wollt ihr also einen kleinen Fisch an die Angel bekommen», sagte Saadia, beinahe beiläufig.

Yamina fragte sich, ob Farids Mutter ihren Besuch angekündigt hatte oder ob Saadia tatsächlich seherische Fähigkeiten hatte.

Die Magierin griff nach ihren Händen und drehte die Innenflächen nach oben. «Na, dann lass mal sehen.»

Nach einem kurzen Blick fuhr sie mit ihren eigenen trockenen Handflächen über Yaminas, dann beugte sie sich ein wenig vor und presste ihr einen Zeigefinger auf die Stirn zwischen die Augen. Yamina sah die feinen schwarzen Ornamente auf der Handfläche, die nach Erde und Knoblauch roch, während ihr Stirnknochen unter dem Druck anzuwachsen schien und eine leichte Übelkeit in ihr aufstieg. Trotzdem fühlte ihr Kopf sich leicht an, als Saadia die Hand zurückzog.

«Wichtig ist, die Sache mit Bedacht anzugehen. Dann wird sie auch gut enden. Fürs Erste gebe ich euch ein kleines Pulver mit, das Yamina in ein Getränk mischen und ihm servieren muss. Am besten ist starker Kaffee, der überdeckt den Geschmack.»

«Mein Sohn trinkt keinen Kaffee», ertönte die Stimme von Farids Mutter ungewohnt zaghaft.

«Dann eben Tee. Aber möglichst stark. Und Yamina muss das Pulver selbst hineingeben – und Vorsicht, dass niemand anders es trinkt. Du kannst auch drei Blüten Jasmin dazu tun, für alle Fälle, sollte er eine empfindliche Nase haben.»

«Und was für eine Wirkung wird dieses Pulver auf meinen Sohn haben?», fragte Farids Mutter nervös.

Saadia sah sie an. «Er wird sich auf das weibliche Geschlecht besinnen, *Inch'Allah*», sagte sie, dann wandte sie sich einem seitlichen Tischchen zu, auf dem mehrere Tiegel und Fläschchen standen.

«Ich habe Eselhautpulver mitgebracht», beeilte Farids Mutter sich zu sagen.

«So weit sind wir noch nicht. Bevor wir ihn zurück in sein eheliches Schlafzimmer bringen, muss er erst einmal eins bekommen. Ob er später dann dazu gebracht werden muss, dorthin zurückzufinden, steht in einem anderen Buch.»

Farids Mutter wurde rot.

«Nein», sagte die Magierin und griff nach einem Schälchen. «Ich gebe euch etwas Seesternpuder mit, das regt die Sinne an, und dazu eine Prise geriebene Mondfischgalle und» – hier unterbrach sie sich, beugte sich wieder vor und zupfte Yamina mit einer raschen Handbewegung eins ihrer schulterlangen Haare aus – «einen Hauch von Yamina.»

Sie wickelte das Haar um einen Finger zu einem kleinen Knötchen und ließ es in einen Mörser fallen.

27.

Farids Mutter hätte es bereitwillig übernommen, das Pulver aus den Inhalten der kleinen Tütchen, die Saadia ihnen mitgegeben hatte, herzustellen. «Ich kenne mich damit aus», hatte sie gesagt. Aber Saadia hatte darauf bestanden, dass Yamina selbst die Mischung anrührte und der, für den sie bestimmt war, sie aus ihren Händen gereicht bekam.

«Wie konntest du dich nur auf so etwas einlassen?», fragte Nadia Yamina ungläubig, während sie beide in der Küche den Tee für Farid und seine Mutter zubereiteten. «Du bist doch nicht ganz richtig im Kopf, Yamina.»

«Man weiß nie, vielleicht wirkt es ja tatsächlich», sagte Yamina und ließ konzentriert eine Messerspitze Pulver aus einem Tütchen in ein anderes rieseln, wiederholte die Operation mit zwei weiteren Tütchen und schüttelte schließlich das Tütchen, in dem sich die Gesamtmischung befand, wie Saadia es ihr geheißen hatte.

«Das sind alles ganz natürliche Ingredienzen.»

«Der gute Farid kriegt seinen Tee also mit Seestern gewürzt. Pass nur auf, dass er sich nicht in ein Seepferdchen verwandelt.»

Prustend goss Nadia den aufgekochten Tee in die kleine Silberkanne und steckte ein Büschel Minze hinein.

«Du hast gut lachen, dich hat man ja nicht gerade erst sitzengelassen.»

«Was sind denn das für neue Töne? Ich dachte, wir sind alle heilfroh, dass wir uns Said erspart haben.»

«Ja, schon», sagte Yamina ungeduldig, «aber trotzdem ist so etwas nicht leicht für eine Frau. Das wirst du auch noch merken.»

«Ach ja? Danke für die guten Wünsche.»

Doch Yamina hörte ihr schon nicht mehr zu. Nachdem sie sorgfältig jedes einzelne Teeglas ausgesucht hatte, rieb sie eins mit einem Tuch aus und stellte es etwas abgerückt von den anderen auf einen Unterteller.

«Warum sind sie denn noch nicht da?»

Nadia schaute auf die Uhr. «Weil es noch nicht einmal vier ist», sagte sie.

Salim steckte den Kopf zur Küche herein. «Was ist denn hier los, warum legt Mama die guten Kissen aus und holt die Teegläser mit dem Goldrand aus dem Schrank?»

«Tut sie das?», sagte Yamina, und ihre Stimme wurde schrill. Salim sah sie neugierig an, schlüpfte ganz in die Küche und schloss die Tür hinter sich.

«Farid und seine Mutter kommen», flüsterte Nadia ihm zu.

«Die Transuse? Und was soll das werden, eine Brautschau?»

Das letzte Wort war ihm eine Oktave höher herausgerutscht, und Nadia und Salim lachten auf.

«Oh, mein süßer kleiner Stimmbruch», sang Nadia und zog Salim an einem Ohr.

«Der pure Neid», sagte Salim, der trotzdem etwas rot geworden war. Yamina stand unschlüssig da, den Blick zur Tür gerichtet.

«Kommt Farids Vater auch?», fragte Salim.

«Soweit ich weiß, nein», sagte Nadia, «er hat wohl geschäftlich zu tun.»

«O ja, ganz wichtige Geschäfte in der Pension am Hafen, wie jeden Nachmittag.»

«Salim!», rief Yamina und versank sogleich wieder in ihre Überlegungen.

«Salim», sagte Nadia und drohte ihm mit dem Zeigefinger.

«Ich sage ja nur, was man sich so erzählt, da kann ich doch nichts dafür», verteidigte sich Salim. «Aber du kannst ganz beruhigt sein, Yamina, das hat Farid bestimmt nicht von seinem Vater.»

Yamina schenkte ihm eine zerstreute Kopfbewegung und wandte sich zur Tür. Als sie draußen war, sahen Nadia und Salim sich an, dann bemerkte Salim die Tütchen auf dem Küchentisch. Mit hochgezogenen Augenbrauen blickte er Nadia an, die zuckte mit den Schultern.

«Frag nicht», sagte sie. «Deine Schwester ist auf dem Feldzug.»

«Mit Kanonenpulver?» Salim hatte das Tütchen mit der Mischung in die Hand genommen und roch mit gerümpfter Nase daran. «Soll der Knabe einem leidtun, oder ist hier Solidarität mit den Wahnwitzigen gefragt?», sagte er und machte eine Geste, als wolle er das Tütchen ausleeren.

Nadia stürzte auf ihn zu und riss es ihm aus der Hand. «Untersteh dich. Oder willst du ein Drama verursachen?»

«Ach, Dramen mit Yamina sind immer ein Spektakel. Du meinst also, wir können einen Angriff auf das Nervensystem dieses armen Wichts so einfach zulassen.»

Nadia nahm die Kaffeekanne vom Herd. «Wenn seine

Mutter höchstpersönlich die Lunte zündet und dafür sorgt, dass er sich in der geeigneten Position befindet, ja.»

Da rauschte Yamina wieder durch die Tür herein, die vier Teegläser aus der Anrichte in den Händen, die ihre Mutter für den Besuch bereitgestellt hatte. Der Nachbarshund schlug an.

«Himmel, sie sind da.»

Yamina spuckte auf ein Küchentuch und rieb hastig ein Glas damit ab. Nadia und Salim sahen ihr gebannt zu. Im Nebenraum wurden Stimmen laut, Farids Mutter grüßte überschwänglich und klagte über das drückende Wetter.

«Salim, gib mir mal das weiße Tütchen da», befahl Yamina ihrem Bruder, während sie die Tassen auf einem Silbertablett anordnete.

«Welches Tütchen denn?», fragte Salim mit Unschuldsmiene.

«Nun mach schon, bevor Mama hereinkommt.»

Salim reichte ihr eins der leeren Papiertütchen, das Yamina vergeblich über dem Teeglas umstülpte.

«Du Idiot», fuhr sie Salim an, drängte ihn zur Seite und griff nach dem richtigen Tütchen, in dem sich die Mischung befand. Salim schnitt eine Clownsgrimasse, was Yamina nicht sah, so beschäftigt war sie damit, das Puder vorsichtig in das Glas zu schütten, Minztee aus der Kanne darüberzugießen und mit einem kleinen Löffel sorgfältig umzurühren.

«Und wenn er auf der Stelle tot umfällt, was machen wir dann?», fragte Salim, und Nadia verkniff sich hinter ihm das Lachen.

28.

Mit ihrem lieblichsten Lächeln servierte Yamina Farid seinen Tee. Grüne Mandeln schwammen darin und drei Jasminblüten. Farid verzog leicht das Gesicht.

«Magst du keinen Jasmin?», fragte Yamina mit Engelsstimme.

«Schon. Aber im Tee?»

«Doch, doch, du wirst sehen, mit den Mandeln ist das köstlich.»

Farid nippte gehorsam an seinem Glas, während seine Mutter die Unterhaltung bereits vollständig an sich gerissen hatte.

«Ein wunderbares Viertel von Tunis, in dem Farid lebt, modern und urban, und seine Wohnung ist beinahe neu, das Bad hat einen Marmorboden, und die Möbel habe ich selbst ausgesucht. Wir haben ihm eine Putzfrau besorgt, die dreimal in der Woche kommt und auch kocht, was natürlich nicht dasselbe ist, ein junger Mann in seinem Alter, sein Vater hatte da schon zwei Kinder, aber die Jugend heutzutage ist ja so wählerisch. Ich meine, nun ja, mit dem Studium und allem Drum und Dran, denn Farid hat die höchsten Abschlüsse, und alles mit Auszeichnung, aber da vergeht eben viel Zeit, und dann gleich in den Beruf, und auch da ist er so erfolgreich, einmal bin ich seinem Chef begegnet, als ich Farid in Tunis besucht habe, und der hat gar nicht aufgehört, ihn in höchsten Tönen zu loben, ich bin ganz rot geworden. Aber eine hübsche kleine Frau braucht er jetzt, das hat sein Chef auch gesagt.»

«Mama.»

Farids Stimme klang überraschend nah, so abwesend wirkte seine Miene, selbst jetzt noch, als er seiner Mutter eine Hand auf den Arm legte, ohne sie dabei anzusehen.

«Aber es ist doch normal, dass Mütter stolz auf ihre Söhne sind», sagte Yaminas Mutter in das Schweigen hinein. «Als mein Ältester mir die erste Koransure aufgesagt hat, die er in der Schule gelernt hat, ist mir auch das Herz aufgegangen.»

«Mama, wann haben wir in der Schule denn Koransuren auswendig gelernt?», warf Nadia ein.

«Ich weiß nicht, ihr vielleicht nicht, aber die Jungen ganz bestimmt», sagte ihre Mutter verunsichert.

«Wir waren alle auf derselben Schule, Mama.»

«Ja, das sind eben diese neumodischen Sitten, da gehen die Kinder schon zur Schule, Jungen und Mädchen gemischt, und dann bringt man ihnen nicht einmal das Heilige Buch bei.»

«Ganz recht, ich sage auch immer, ihre Wurzeln müssen sie kennenlernen, aus denen sie ausschießen können.»

«Wer soll schießen?» Salim durchquerte den Raum mit einer Fußballtasche in der Hand. Nadia hielt sich eine Hand vor den Mund, um nicht loszukichern.

«Was?» Farids Mutter sah ihn verdutzt an.

Salim nickte grinsend erst ihr, dann ihrem Sohn zu, der zerstreut zurücknickte.

«Also ich weiß nicht, die Jugend von heute denkt mir zu schnell», sagte Farids Mutter, «alles ist immer so sprunghaft.»

«Es ist einfach nur», sagte Yaminas Mutter, «dass sie zu faul sind, ihre Sätze zu Ende zu bringen, das ist es.»

«O ja, das könnte wohl sein, wie interessant, was meinst du dazu, Farid?»

Farid hatte seinen Tee fast ausgetrunken. Yamina hatte von ihrer Mutter schon mehrmals Zeichen bekommen, ihm nachzuschenken, was sie wohlweislich ignorierte. Die Wirkung sollte nicht verwässert werden, man wusste ja nie. Auch wenn sie nicht auf der Stelle zu erwarten war, aber langfristig gesehen war eine konzentrierte Dosis fraglos effizienter.

29.

Salim verließ das Haus und ging die staubige Straße in Richtung Meer. Links und rechts schlugen Hunde an, die meisten unsichtbar in den kleinen Vorgärten oder angebunden an einer Seite des Hauses. Es war die Zeit der Orangenblüten, ihr jasminsüßer Duft erfüllte die Straßen, selbst so schmucklose wie diese.

Vom Trainingsplatz, zu dem Salim unterwegs war, bis zum Strand war es ein Steinwurf, und ein kurzes Stück weiter begannen die Hotels. Ab und zu drehte Salim nach dem Fußballtraining noch eine Runde am Strand, um Touristen zu schauen. Die Frauen vor allem, in ihren knappen Bikinis, aus denen die Brüste quollen. Manche hatten Haare unter den Achseln. Sich gegenseitig anstoßend, gingen Salim und seine Freunde an den Hotelstränden vorbei, unter den misstrauischen Blicken der Strandwächter, die sie bei jedem Stehenbleiben mit einem gezischten *fissa fissa* weiterschickten. Aber länger hätte Salim ohnehin nicht bleiben wollen, man hätte ihn mit den anderen Jungen verwechseln können, die dort ständig herumlungerten und sich an die Touristen hängten. Manchmal erkannte er Nachbarsjungen aus dem früheren Viertel unter ihnen. Schon als Kind hatte er sich für sie geschämt, wenn sie einen Ausländer mit großen Augen anstarrten oder ihm sogar nachliefen, als hätten sie einen Marsmenschen aus den Geschichten im Radio gesehen. Und nun, als Halbwüchsige, versuchten sie, lächerliche Souvenirs oder Weintrauben zu verkaufen, setzten auch einfach ihre alte Verfolgertaktik fort. *Madame*, einen Dinar, *Mylady*, Sie haben so schöne Brüste, das auf Arabisch, worauf alle anderen ringsum losprusteten, die betreffende leichtbekleidete Dame aus pubertären Augen verschlingend, während der Strandwächter schon nahte, um sie mit rudernden Armbewegungen zu verscheuchen und die erschrockene Sommerfrischlerin zurück zu ihrem Liegestuhl zu geleiten.

Nein, keinesfalls wollte Salim für einen von ihnen gehalten werden. Die Touristen waren ein amüsanter Zeitvertreib, aber der wirkliche Treffpunkt befand sich an der Uferpromenade jenseits der Hotels, bereits in der Stadt. Dort begann die Straße mit den Eiscafés und dem Kino, und auf der Balustrade zum Strand hin sitzend, pfiffen Salim und seine Freunde Pärchen nach, die in der lauen Vorabendluft dahinschlenderten, sie mit gesenktem Blick einen Jasminstrauß in der Hand drehend, er die Hände in den Hosentaschen. Oder sie tippten abwechselnd dem alten Eisverkäufer von hinten auf den Rücken und sahen ihn mit Unschuldsmiene an, wenn er sich, in Zeitlupe wegen seiner Gicht, umdrehte. Manchmal kamen auch Mädchen aus der Klasse vorbei und blieben einen Moment bei ihnen stehen, verlegen über Hausaufgaben sprechend, während die Jungen am Rande der Gruppe Grimassen zogen. Salim war nie albern mit den Mädchen. Sie vertrauten ihm. Das hatte ihm schon spöttische Kommentare eingetragen, trotzdem lag in den Blicken der anderen verstohlene Neugier, wenn sie ihn mit den Mädchen reden sahen.

30.

Die Hochzeit wurde für Oktober festgesetzt. «Man soll reifes Obst nicht zu lange hängen lassen», hatte Farids Mutter gesagt. Was sein Vater dazu sagte, erfuhr man bis zur offiziellen Verlobungsfeier nur über seine Frau: Es sei ihm natürlich eine große Freude. Und auch Farid sagte wenig, hatte aber bei einer sorgfältig arrangierten Gelegenheit, als beide Mütter plötzlich aus dem Raum verschwunden waren, um Yaminas Hand angehalten, etwas zögerlich zwar, aber unbestreitbar.

«Man muss doch den Zeiten Genüge tun», hatte Farids Mutter gesagt. «Heutzutage wollen die jungen Leute diese Dinge unter sich ausmachen.»

Yamina hatte mit gesenkten Lidern genickt, und Farid hatte ihr einen Ring angesteckt, den er in einem Etui in seiner Tasche trug.

«Das sind diese Filme», sagte Yaminas Mutter, «Ringe und so etwas, wir hatten das doch nicht.»

«Lassen wir ihnen die Freude», beschwichtigte Farids Mutter.

Später trug Yamina stolz den Ring vor sich her.

«Warum läufst du denn mit so gespreizten Fingern herum?», sagte Salim kauend, als er nach dem Fußballtraining in der Küche vor dem von Mbarka aufgewärmten Mittagessen saß.

«So plötzlich ist er entflammt?», fragte Nadia zweifelnd.

«Dem haben sie wohl was in den Tee gemischt», spottete Salim und hielt eine aufgespießte Auberginenscheibe in die Luft.

«Ihr habt ja keine Ahnung», sagte Yamina. «Könnt ihr euch nicht vorstellen, dass er sich ganz einfach in mich verliebt hat? So schrecklich bin ich auch wieder nicht.»

«Na ja ...»

Salim verschluckte sich fast, so heftig war der Stoß, den Nadia ihm versetzte. Yamina drehte ihm brüsk den Rücken zu. An der Türschwelle wandte sie sich noch einmal um und sagte mit gerecktem Kinn: «Ihr werdet schon sehen, das wird eine Traumhochzeit. Und jetzt entschuldigt mich, ich muss Kleider aussuchen gehen.»

Denn Farids Mutter hatte angekündigt, sie wolle eine große, dreitägige Hochzeit feiern, mit einem Brautgewand pro Tag. Natürlich alles auf Kosten der Bräutigamsfamilie, wie es sich gehörte. Die Braut brachte ihre Mitgift mit und klingelte mit goldenen Armreifen. Yaminas Mutter und Mbarka saßen wieder an den zu bestickenden Kissen und Laken, was Idi Ben Said jedes Mal mit einem unwilligen Grummeln kommentierte, wenn er über die Türschwelle trat.

«Was soll das Kind denn mit all dem Kram?», sagte er beim Anblick der Stoffe und Goldborten, von denen der Esstisch überquoll. «Im September macht sie ihren Universitätsabschluss, sie wird doch kein Hausmütterchen werden.»

Was wisse er schon, murmelte seine Frau dann vor sich

hin, sie werde ihre Tochter jedenfalls nicht wie eine Kirchenmaus aus dem Haus gehen lassen, was sollten denn die Leute denken.

«Ist mir doch egal, was die Leute denken», erwiderte Idi Ben Said laut, «nötig war es weiß Gott nicht, dass sie sich auf den Erstbesten einlässt. Mir ist der nicht geheuer.»

«Dass deine Tochter das nicht hört, du hast ihr schon genug Flausen in den Kopf gesetzt», sagte seine Frau. «Ein Mann und eine Familie werden ihr guttun, du wirst sehen.»

Brummend setzte sich Idi Ben Said auf die Veranda und ließ sich von Mbarka ein Glas Minztee servieren. Sie stellte ihm eine Schale ungeschälter grüner Mandeln dazu, die seine rissigen Hände mit einem Stein aufschlugen und auspulten. Nach einer Weile trat sein Chauffeur Moussad durch die Eisentür und setzte sich neben ihn. Mbarka brachte ihm ebenfalls ein Glas Tee.

Er habe das Auto gewaschen und für den nächsten Tag vollgetankt, sagte Moussad, und Idi Ben Said nickte. Schweigend nippten beide an ihrem Tee. Idi Ben Said fragte Moussad nach seiner Familie, seinen Töchtern, die so alt waren wie seine eigenen.

«Nächsten Monat kommt das fünfte Enkelkind», sagte Moussad stolz. Die ersten vier waren alle Jungen, für den Vater von sechs Töchtern ein großer Trost. Jetzt dürfe es auch einmal wieder ein Mädchen sein, sagte er. «Wer kümmert sich sonst um den Haushalt?»

Idi Ben Said nickte vor sich hin und schlürfte seinen Tee.

«Yamina wird im September heiraten», sagte er beinahe widerwillig.

«*Mabrouk*, Chef, so eine Freude!»

Moussad stand mit ausgebreiteten Armen auf und beugte

sich in einer feierlichen Umarmung umständlich über Idi Ben Said. Der wimmelte ihn ab. «Schon gut, schon gut, ist ja nichts dabei. Die Kinder gehen eben aus dem Haus.»

«Ach was.» Moussad machte eine wegwerfende Handbewegung. «Aus dem Haus nie. Vor allem nicht die Mädchen, Sie werden schon sehen, wenn die Kinder kommen, hat man das Gefühl, sie wären alle wieder eingezogen. Ein einziger Taubenschlag. Sie werden schon sehen, welche Freude, Großvater zu sein, aber mit der Ruhe ist es erst mal vorbei.»

31.

Großvater hätte Idi Ben Said längst sein können. Seit zwei Jahren war sein ältester Sohn Ismael mit seiner Cousine Jamila verheiratet. Aber es kündigte sich kein Nachwuchs an.

Gegen diese Heirat hatte Idi Ben Said nichts gehabt, sie war seit langem vorgesehen gewesen. Ismael brauchte eine Frau, und selbst wenn Ismael ehrgeiziger gewesen wäre, hätte eine Frau kein Hindernis bedeutet. Ein Mann brauchte eine Frau. Aber brauchte eine Frau wirklich einen Mann? Idi Ben Said fragte sich selbst, woher diese sonderbaren Zweifel ihm plötzlich kamen. Er wusste, dass er diese Frage nicht laut stellen durfte. Nicht im Café, wenn er sich der Runde Dominospieler anschloss, um nebenbei Geschäfte zu machen (das Dominospiel selbst hatte ihn immer gelangweilt), und auch nicht im Kreis der ehrenwerten Familie seiner Frau, die langsam, aber sicher ihr Erbe aufzehrte.

Idi Ben Said hatte seine Frau nicht gekannt, als sie geheiratet hatten, natürlich nicht. Das wäre zu der Zeit vielleicht gerade noch mit einer Cousine möglich gewesen, aber eine Cousine hätte er bei Gott nicht heiraten wollen. Er war nie ehrgeizig um des Ehrgeizes willen gewesen, aber als er nach dem großen Krieg aus Europa zurückkam, wusste er, dass er für sein Leben genug Elend gesehen hatte. Nach einer verheerenden Schlacht um einen Dorfflecken, an dessen Namen er sich nicht mehr erinnerte, war er von den Deutschen in einem Lager interniert worden, das sie «Dackau» nannten. Französischer Kriegsgefangener, ohne von Frankreich mehr als ein paar graue Landstraßen gesehen zu haben.

«Nein, wir keine Franzosen», hatte er einem Lageraufseher erklärt, als er ein paar deutsche Worte zu stammeln gelernt hatte. Der Lageraufseher hatte ihn an einen Kamelhüter seiner Kindheit erinnert, der ihnen jeden Tag frische Kamelmilch ans Haus gebrachte hatte.

«Wir Tunesien. Protektorat. Franzmann besetzen.»

Danach bekamen Idi Ben Said und seine beiden Gefährten zwei Brotkanten statt einem zu der wässrigen Suppe, und manchmal wurden sie beim zweiwöchigen Duschturnus vorgezogen. Aber nie würde Idi Ben Said den Gestank vergessen, der über dem Lager gehangen hatte, die ausgezehrten Gesichter, seine Zunge, die wie ein wunder Fremdkörper in seinem Mund lag.

Deshalb hatte er bei seiner Rückkehr nicht lange überlegen müssen, ob er in den Maquis gehen wollte oder nicht. Als er zurückkam, war da nichts, was nicht den Franzosen gehört hätte, und von den Franzosen hatte er erst einmal genug. Von den großen Herren, die ihre Kriege nicht allein austragen konnten, sondern Soldaten aus Ländern hinschickten, an denen sie sich sonst nur schadlos hielten. Hatte man in Tunesien je etwas gegen die Deutschen gehabt? Sein Onkel hatte ein Pferd besessen, das einzige arabische Vollblut in der Region, und das hatte er Rommel getauft. Nach dem *renard du désert*, dem Wüstenfuchs, denn ob deutsch oder nicht, er hatte die Tunesier respektiert, das sagten alle. Die Franzosen dagegen nicht, und deswegen war er in die

Berge gegangen, wo Habib Bourguiba mit seinen Leuten den Befreiungskampf vorbereitete.

«Habibi, habibi», summte Idi Ben Said jetzt das Lied von Oum Kalthoum vor sich hin, das ihnen damals wie eine Prophezeiung geklungen hatte.

Zu einem großen Kampf war es dann nicht gekommen, *Alhamdulillah.* Blut hatte Idi Ben Said in Europa genug gesehen. Die Zeit war reif gewesen, reif wie eine Pflaume, die sie nur noch hatten pflücken müssen, bevor sie ihren triumphalen Einzug in Tunis halten konnten. Das Winken, die Jubelrufe, die trillernden Jujus der Frauen und die buntfarbige Menge, während sie ein letztes Mal mit ihren Gewehren nebeneinander marschierten, die Augen feucht, nach all den Jahren wieder unter den Ihren zu sein.

Und eigentlich hatte seine Mutter auch schon eine Cousine für ihn ausersehen, schließlich sei es nun an der Zeit zu heiraten, nach all der Politik. Doch Idi Ben Saids Tatendrang war gerade erst geweckt. Von dem taufrischen Präsidenten Bourguiba mit Land in seiner Heimatregion entlohnt, die auch die des Präsidenten war, hatte Idi Ben Said zum ersten Mal eigenen Boden unter den Füßen gehabt. Dazu die Exportvollmachten, die ihn über Nacht in einen Handelsmann verwandelten, der es trotz aller widrigen Umstände doch noch zu etwas bringen konnte.

Das sah auch sein Schwiegervater so. Idi Ben Said hatte nicht lange gebraucht, um ihm zu beweisen, dass er der Hand seiner Tochter würdig war. El Hadj Abdallah Anmalek war einer der ersten Grundbesitzer gewesen, an die Idi Ben Said herangetreten war, um ihr Olivenöl ins Ausland zu verkaufen.

«Und warum sollte ich mein Olivenöl ausgerechnet dir

anvertrauen, Ben Said?», hatte El Hadj ihn gefragt, als er ihn im Halbdämmer des alten Familienhauses im Zentrum von Kalâa Kebira empfing, eine Filzkappe auf dem Kopf. Ein eleganter burgunderfarbener Burnus fiel an seinem hageren Körper hinab, darunter sahen spitze Pantoffeln hervor.

«Weil Ihr Olivenöl bis jetzt zur Hälfte von Ihren Verwaltern dazu verwendet wird, die neue Regierung zu schmieren.»

El Hadj Abdallah sah ihn aus kajalumrandeten Augen an, dann lachte er. «An Mundwerk fehlt es dir nicht, wie ich sehe. Aber man hat mir gesagt, du kannst nicht lesen und schreiben. Wie verträgt sich das mit deinen modernen Ansichten?»

«Zum Sehen braucht man keinen Stock und zum Denken keinen Griffel, Hadj Abdallah.»

Der Hadj lachte wieder und legte ihm eine Hand auf die Schulter. «Na gut, probieren wir es. Ich gebe dir sechs Monate, dann sehen wir weiter.»

Sechs Monate später hatten sich El Hadj Abdallahs Einkünfte beinahe verdoppelt. Idi Ben Said hatte den Verwaltern gezeigt, dass es rentabler war, die Regierung durch Steuern gnädig zu stimmen und mittels Provisionen an den Verkäufen mitzuverdienen.

El Hadj Abdallah war zufrieden. Weitere sechs Monate sah er zu, wie Idi Ben Said erfinderisch die verschiedensten Geschäfte auf die Beine stellte, dann gab er ihm seine Tochter zur Frau.

32.

An manchen Tagen lag der Himmel auf dem Meer. Umfing es in einem schlierblauen Atemzug. An solchen Tagen hatte Salim Mühe, den Blick loszulösen von der Weite, zurück zu den Gesichtern und Stimmen und nackten Beinen, die am Strand einer diesigen Sonne huldigten.

«Aber schau doch, Salim, *schufta*, die da drüben, was die für Böller hat.»

«*Isi tawa*, hört doch auf mit eurem kindischen Getue.»

«Oh, oh, Monsieur ist über solche Dinge erhaben. Regt sich wohl rein gar nichts bei dir?»

Salim hörte das Lachen der anderen Jungen hinter sich. Verärgert wandte er sich wieder dem bleiernen Horizont zu und ging weiter. Als er klein war und sie noch in dem Haus in der Altstadt wohnten, hatten Mbarka oder seine Mutter ihn auf die Terrasse mitgenommen, wenn sie Wäsche wuschen. Dort flatterten Tücher im Wind und Frauenröcke, die glatte Beine enthüllten. Als hätte man mit der Tür zum Dach auch die zur unteren Welt zugeschlagen, saßen Frauen wie die sonst so mürrische von Ali Yatur auf den Nebendächern und ließen sich von anderen Frauen eine dunkle Melasse auf die Unterschenkel schmieren und dann mit einem Ruck abziehen, wozu die einen kreischten und die anderen lachten. Wo man hinsah, hängten sonnengebräunte Arme tropfende Kleidungsstücke auf, strichen nasse Hände über Gesichter und wurden Dinge getuschelt, die er nicht verstand. Dann wieder ein Auflachen, und alles zusammen war wie das Aufbranden eines geheimnisvollen Meeres, dessen Wellen über den Häusern wogten und ihn stumm verharren ließen, jedes Mal betend, Mbarka möge noch lange mit energischen Bewegungen die Wäsche im Zuber bearbeiten und seine Mutter sich nicht von der alten Nachbarin abwenden, die ihr zahnlose Geschichten erzählte. Und dass niemand sehe, wie gefangen sein Blick von Isia war, die ihren Kopf vornüber in eine Wasserschüssel hielt und von ihrer Mutter die Haare gewaschen bekam. Unter dem dünnen Kleid erahnte er ihre ebenfalls vornüber hängenden Brüste, die sonst auf der Straße achtlos an ihm vorübergingen, während hier auf den Dächern jede Geste auch ihm zu gelten schien, er Teil der Welt der Frauen war.

33.

Beim nächsten Mal wurde Yamina von Salim zur Wahrsagerin begleitet.

Im Leben könne sie dort nicht allein hingehen, warum sie dann aber überhaupt hingehen wolle, konnte sie Salim nicht beantworten, dafür sei er noch zu klein.

«Aber nicht zu klein, um mitzugehen?»

Seine Neugierde siegte, so wie Yamina von ihren Befürchtungen besiegt worden war.

«Es kann ja nicht schaden, alles noch ein wenig zu festigen.»

«Aber er hat doch um deine Hand angehalten, mit allem Drum und Dran. Was allein schon eine Art Wunder ist. Angesichts seiner sonstigen Zurückhaltung, meine ich», hatte Nadia gesagt.

Doch eben diese Zurückhaltung veränderte sich mit den Vorbereitungen auf die nahende Hochzeit nicht. Beinahe unbeteiligt überließ Farid alle Entscheidungen seiner Mutter und Yamina, der er höchstens einmal die Hand auf den Arm legte.

«Farid ist ein lieber Junge, du wirst sehen. Ich bin mir sicher, dass ihr gut miteinander auskommen werdet», sagte seine Mutter, während sie das Modell für die Torte aussuchten.

«Farid ist ein unentschiedener Charakter, er braucht eine starke Hand», sagte die Wahrsagerin. Nicht Saadia, dieses Mal war es eine andere, für alle Fälle. Yamina hatte Mbarka so lange bearbeitet, bis sie ihr eine Berberin genannt hatte, wie Mbarka selbst aus dem Süden, die in der Medina in einem Hinterzimmer die Zukunft las.

Salim saß auf einem Stuhl an einer schmierigen Wand. Über ihm hingen metallene Fatma-Hände, um den bösen Blick abzuwenden. Die Wahrsagerin saß in einem Sessel in einer Ecke des kleinen Raums, in dem es nach Weihrauch roch. Sie hatte Yamina vor sich auf einen Hocker plaziert, ihre Hand genommen, die Innenfläche inspiziert, dann die Fingerknöchel, und schließlich ließ sie sie drei Karten ziehen.

«Sieh zu, dass du ihm eine Haarsträhne abschneidest, wenn er dich das nächste Mal besucht. Damit werden wir eure Bindung stärken.»

Salim hörte kaum mehr als das heisere Nuscheln der Wahrsagerin, deren grau strähnige Locken über Yaminas Hand fielen. Dann lehnte die Berberin sich zurück und fuhr sich mit schwarz bemalten Fingerspitzen über die Stirn.

«Fische können glitschig sein», sagte sie. «Man muss vorsorgen, damit sie einem nicht entschlüpfen.»

Zwischen den Teppichballen und Gewürzsäcken zu beiden Seiten der überdachten Gasse ging Yamina mit weit aufgerissenen Augen neben Salim zurück durch den Souk. Salim sah sie nicht einmal blinzeln.

«Das wird nicht gutgehen», murmelte Yamina, «das geht nicht gut.»

Salim war stehen geblieben, um einem Jungen eine Scheibe Wassermelone abzukaufen. Mit schnellen Schritten holte er Yamina wieder ein und hielt ihr das rote Fruchtfleisch vor die Nase. Yamina schüttelte angewidert den Kopf.

«Kein Wort, zu niemandem, verstanden?», sagte sie.

Salim spuckte die Kerne aus und schüttelte den Kopf. «Und Mbarka?», fragte er.

«Mit Mbarka rede ich schon, du kein Wort. Morgen kommt Farid aus Tunis. Wir brauchen eine Haarsträhne von ihm.»

«Wir?»

Yamina überhörte die Frage, und zwei Tage später wurde Farid von Salim in eine Unterhaltung über die Chancen der tunesischen Fußballnationalmannschaft bei der nächsten Afrikameisterschaft verwickelt, wofür Farid sich offenbar nur sehr am Rande interessierte.

«Im Ernst, jemand, dem die eigene Nationalmannschaft egal ist, kann doch nur suspekt sein», sagte Salim später zu Nadia. Da hatte Yamina, während Farid schläfrig Salims technischen Ausführungen lauschte, die Haarsträhne längst im Vorbeigehen mit einer Nagelschere gekappt und sie in einem kleinen Stoffbeutel aufbewahrt.

Zufrieden zog die Wahrsagerin die dunkelbraunen Haarspitzen am nächsten Tag hervor. «Warte.»

Sie verschwand hinter einem Vorhang in der Wand. Dann hörte man das Geräusch eines Mörsers, und Yamina und Salim sahen sich an. Yamina hatte etwas Gehetztes im Blick.

Eine Weile später kam die Wahrsagerin wieder hinter dem Vorhang hervor, ein winziges Beutelchen in der Hand, das sie Yamina entgegenhielt.

«Das bindest du an eine Schnur und trägst es um den Hals, zwischen den Brüsten, so dass es niemand sieht. Und in zwei Wochen kommst du wieder her.»

34.

Zwei Wochen später war die Verlobung aufgelöst. Warum genau, wusste niemand so recht, zumindest keine der involvierten Personen. Die übrigen redeten so einiges, man habe es ja immer gewusst, er habe ein Problem mit den Frauen, man habe es ja immer gewusst, sie sei ein schwieriges Mädchen, vom Vater verzogen, und wer wisse schon, was sie in Tunis so alles getrieben habe, in der großen Stadt, und er sei womöglich gar nicht der Sohn seines Vaters, das sei bei der Gelegenheit herausgekommen, und Idi Ben Said sagte, Allah sei Dank, und seine Frau sagte, der Himmel stehe uns bei, und Salim sagte, kein Wunder, und Nadia, na bitte, und die anderen Brüder, was ist denn hier überhaupt los, jedenfalls fand keine Hochzeit statt, und die Familien brachen jeden Kontakt miteinander ab.

«Es sollte nicht sein, Mbarka», schluchzte Yamina, und die alte Kinderfrau nickte und stampfte Pfefferkörner, was eine beruhigende Wirkung auf Yamina hatte.

«Vielleicht war es der falsche Zauber», flüsterte sie, und Mbarka ließ weiter den Mörser klingen und sagte nichts, bis Yamina sie fragte, warum sie nie geheiratet habe.

«Hat sich keiner auf die richtigen Jasminblüten gesetzt», antwortete Mbarka in das metallene Stampfen hinein.

«Werde ich heiraten, Mbarka?», fragte Yamina.

Mbarka zuckte mit den Schultern.

«Haben wir das Schicksal am Zipfel, entschlüpft es uns», sagte sie.

«So wie Farid mir?», fragte Yamina. «Ist es so, dass man plötzlich weiß, dass etwas nicht sein soll? Dass man ein Hochzeitskleid anprobiert und die im Spiegel nicht man selbst ist? Es konnte nicht sein, ich wusste es.»

«Vielleicht wolltest du auch lieber nicht warten, bis einmal mehr als zwei Sätze aus seinem Mund gekommen wären», sagte Nadia. «Wer weiß, was er gesagt hätte.»

Doch Yamina weigerte sich, irgendein Problem zu sehen oder zu suchen, das sich mit Worten hätte erfassen lassen.

«Der Zauber war nicht stark genug», rief sie eines Tages aus, da waren Nadia und sie bereits wieder bei ihrer Tante in Tunis, der es nicht in den Kopf gehen wollte, warum eine Verlobung keine Hochzeit nach sich zog.

«Und jetzt willst du wieder studieren, Kind?»

«Ich muss noch Prüfungen nachmachen, Tante.»

«Sousse deprimiert sie, hat sie gesagt», ergänzte Nadia.

«Das ist ja noch verständlich», sagte die Tante, die aus Bizerte stammte und immer nostalgisch des Windes gedachte, der dort über die Felsen pfiff. «Aber sonst will ich nichts mehr hören. Ich habe euren Onkel geheiratet und begraben, und danach habe ich mir geschworen, mir keine traurigen Geschichten mehr anzuhören, zwanzig Jahre genügen. Erzählt mir also erst wieder etwas, wenn ihr ganz sicher seid.»

Yamina und Nadia sahen sie erstaunt an. Ihre Tante war eine kleine Frau, die köstlichen Couscous kochte und taillierte Kleider mit großen Blumenmustern auf schwarzem

Grund trug und die auch bei den schlimmsten Tobsuchtsanfällen ihres Mannes, des Bruders von Yaminas und Nadias Mutter, nicht die Ruhe verloren hatte. Jetzt lebte sie in einer Drei-Zimmer-Wohnung in einem guten Viertel von Tunis, fütterte ihren Wellensittich und erwähnte gewöhnlich ihren fünf Jahre zuvor verstorbenen Mann mit keinem Wort.

Da ihre Tante also nicht informiert werden wollte, sagte Yamina ihr nichts von ihrem nächsten Wahrsagerbesuch. Eine Freundin hatte ihr einen Magier oder Beschwörer oder wie man es nennen wollte genannt, der wahre Wunder vollbringen könne. Denn lenkt man seine Gedanken einmal auf ein Thema, zieht man es bald immer stärker an. Mit allem ist das so. Auch mit der schwarzen Magie.

35.

Yamina brauchte nur jemanden, der sie begleitete.

«Lass mich nicht im Stich, Salim», hatte sie gesagt, «du hast doch sonst immer Fußballspiele an allen möglichen Orten, erfinde doch eins, bitte.»

Außerdem versprach sie ihm, ihn in die Eiscafés im Zentrum der Stadt mitzunehmen. Aus dem Kino wusste er, dass dort die schönsten Mädchen des Landes verkehrten.

Vom wahren Zweck seines Besuchs durfte die Mutter nicht erfahren, weil sie keinen Aberglauben in ihrem Haus duldete, und der Vater nicht, weil er keine Dummheit in seinem Haus duldete. So nahm Salim offiziell den Zug, um einfach nur seine Tante zu besuchen, was ihm bis dahin nie in den Sinn gekommen wäre. Doch in den Turbulenzen rund um eine Hühnerfarm, die Idi Ben Said kaufen wollte, wogegen seine Frau sich heftig zur Wehr setzte, da ihr lebende und gackernde Hühner ein Greuel waren, nahm niemand besondere Kenntnis von Salims Kurzreise in die Hauptstadt.

Mbarka brachte ihn zum Bahnhof wenige Straßen weiter, sosehr er auch beteuerte, dass er fünfzehn Jahre alt sei und kein Kindermädchen mehr brauche, aber Mbarka ließ sich nicht aus der Ruhe bringen. Mit Reiseproviant und sauberen T-Shirts ausgestattet, saß er drei Stunden lang in einem Zugabteil mit einem zahnlückigen Ehepaar, das zur Hochzeit seiner Enkeltochter fuhr, und wurde in Tunis von Yamina in Empfang genommen, als wäre er ihr persönlicher Retter.

«Auch zur Tante kein Wort, versprochen?», zischte sie ihm zu, als sie das Wohnhaus betraten. Salim nickte, die Reise noch in den Augen und ohnehin zu träge, um ein Wort zu formulieren, selbst als die Tante ihn in der Tür freudig an den Schultern packte und seinen Kopf zu sich herunterzog, um ihm links und rechts Küsse auf die Wangen zu drücken.

«Nein, bist du groß geworden, Junge, wer hätte das gedacht», sagte sie mehrmals.

«Das ist der natürliche Lauf der Dinge, Tante, warum sollte man das nicht gedacht haben?», bemerkte Nadia trocken, als sie hinzutrat.

«Seid nicht so kritisch, ich habe ihn eben lange nicht gesehen, aber jetzt komm herein, wir haben Biskuits gebacken und Schmalzgebäck, das magst du doch.»

Salim versuchte, möglichst umgehend das mächtige Sardinen-Sandwich mit Oliven zu vergessen, das Mbarka ihm in die Tasche gesteckt und über das er sich kurz vor der Ankunft in Tunis hergemacht hatte. Dennoch brachte er nicht mehr als fünf Schmalzkringel herunter, was seine Tante mit einem Kopfschütteln bedachte.

«Das ist aber ein magerer Appetit, von einem jungen Kerl wie dir hätte ich mehr erwartet», setzte sie an, da zog Yamina Salim vom Küchentisch hoch und sagte, sie müsse ihrem Bruder die Stadt zeigen.

«Aber er ist doch gerade erst angekommen, außerdem ist

er nicht das erste Mal in Tunis, was willst du ihm denn zeigen?»

Yamina zog Salim aus der Wohnungstür.

«Jetzt gleich?», fragte er.

«Was, jetzt gleich? Ach, du meinst … Nein, das ist morgen früh. Jetzt gehen wir Eis essen, das wolltest du doch unbedingt.»

Salim nickte stumm. Als hätte ihm die Hauptstadt mit dem Appetit auch die Sprache verschlagen. Den ganzen Weg über sagte er nichts, bis sie unter den Palmen des Boulevards ankamen und die große Glasfront des Eiscafés sich vor ihnen auftat, umgeben von kleinen runden Tischen, an denen Pärchen in weißen Hemden und bunten Sommerblusen saßen, hohe Gläser mit Strohhalmen vor sich.

«Man könnte meinen, du bist auf den Mund gefallen», flüsterte seine Schwester ihm zu. «Die Leute sollen doch nicht denken, mein kleiner Bruder sei schwachsinnig.»

«Welche Leute?», sagte Salim und kam sich tatsächlich etwas langsam vor.

«Ach, du verstehst auch gar nichts. Sag wenigstens, was du willst, na los. Eis, Mandelmilch, Zitronade?»

«Ein Glas Wasser.»

Yamina sah ihn ungläubig an. «Bist du krank? Da bist du einmal hier und willst ein Wasser?»

Salim sah sie mit gequälter Miene an. «Darf ich dir vielleicht ein paar von den Schmalzkringeln abgeben, die ihr mir gerade verabreicht habt?»

Yamina verdrehte die Augen und bestellte sich ein Himbeereis.

36.

Am nächsten Tag gingen Yamina und Salim in die Medina. Die gleichen verwinkelten, unter breiten Torbögen dunkelnden Gassen wie in Sousse, die hier jedoch noch weiter zu führen schienen, auf einen unsichtbaren Kern zu, um den man ewig herumirren könnte, wie in einem Labyrinth ohne Anfang und Ende. Römer, Phönizier, Berber, Araber, Osmanen waren über ebendiese Pflastersteine geschritten, christliche Seefahrer und jüdische Händler. Yamina und Salim kamen an der Zitouna-Moschee vorbei, und Salim feixte, ob sie dort nicht ein paar Zitounas, Oliven, kaufen könnten, doch Yamina bahnte sich konzentriert den Weg durch das immer dichter werdende Gedränge aus Burnussen, kurzärmligen Hemden, Sandalen, heiseren Stimmen, Mündern, die auf Wurzeln kauten, schwarzen Schleiern, flüchtigen Blicken, zischelnden Ausrufen, feilgebotenen Nüssen, Weintrauben, Erdmandeln. In den gekachelten Läden saßen Männer auf Stühlen, umgeben von Parfümflakons oder Vitrinen mit Gold- und Silberschmuck. Je tiefer sie vordrangen, desto ferner war das Tageslicht, unter getünchten Deckenbögen schimmerten gelbliche Neonlampen, silbrige Ornamente auf Schildern und Schaufenstern.

Die Boutique des Weissagers war nicht verborgen und

nicht dunkel, sie lag an einer der Hauptachsen des Souk, eine große Fatma-Hand zierte die Tür, die im Gegensatz zu denen der umliegenden Läden geschlossen und mit einem violetten Tuch verhängt war. Doch durch das Oberfenster leuchtete der Souk auch drinnen weiter, Stimmen und Schreie tönten durch das Glas, während ein Junge mit einem Adidas-T-Shirt Yamina und Salim von der Tür zu dem alten Mann führte, der ein paar Schritte weiter auf einem runden Kissen saß. Neben ihm waren zwei weitere Sitzkissen auf einem zerschlissenen Teppich verteilt.

Der Junge bedeutete ihnen, sich zu setzen, neigte den Kopf und zog sich zurück. Der alte Mann lächelte verschmitzt, in seiner Hand hielt er eine Tonpfeife. Dann merkten Yamina und Salim, dass er blind war.

«Na, mein Täubchen, wo drückt der Schuh?», sagte der alte Mann plötzlich mit kratziger Stimme, während seine Augen ins Leere schauten. «Willst du deinen kleinen Bruder dabehalten, oder soll er draußen warten?»

Yamina sah verwirrt zu Salim, der schon gegen die Bezeichnung protestieren wollte, doch ein Blick auf den dünnen weißen Bart des wettergegerbten Gesichts beschwichtigte ihn.

«Na, na, junger Mann, nicht so aufbrausend, man wird sich doch noch ein Späßchen erlauben dürfen. Deine Schwester hat dich wohl als Beschützer auserkoren, nicht wahr? Aber nun zu ihr.»

Yamina saß noch immer stumm auf ihrem Kissen und drückte die Knie gegeneinander.

«Die Bräutigame sind es, nicht? Nur wer über Kohlen geht, weiß, was glühen heißt.»

Der Alte lachte kehlig auf. Yamina zuckte zusammen.

«Erschrick nicht, mein Täubchen, das ist es ja eben. Vor dem Leben darf man nicht erschrecken, sonst läuft es vor einem fort. Also gib mir deine Hände.»

Yamina hob den Blick, das Kinn weiter gesenkt. Die rote Filzkappe auf dem Kopf des alten Mannes nickte erwartungsvoll. Yamina streckte eine Hand vor.

«Nein, nein, beide will ich haben, ja, ganz genau. Dann wollen wir doch mal sehen.»

Er hatte die Pfeife auf die Kupferplatte des Tisches gelegt und nahm Yaminas Hände in die seinen, strich mit knotigen Fingern über ihre Innenflächen, ballte sie zu einer Faust und tastete die Knöchel ab.

«Du willst zu viel, mein Täubchen», sagte er mit schwebendem Blick. Yaminas Augen waren weit aufgerissen.

«Das Wollen an sich ist nichts Schlechtes, man sollte nur nicht das Falsche wollen. Man muss wollen, um hervorzubringen, was man in sich trägt, aber will man etwas, das der eigenen Seele fremd ist, kann man verborgene Gewalten hervorrufen. Verstehst du, mein Täubchen.»

Der letzte Satz war nicht als Frage formuliert, und Yamina kniff die Augen zusammen. Salim rutschte auf seinem Kissen herum.

«Ich glaube, du weißt, was ich meine», sagte der alte Mann nach einer kleinen Weile des Schweigens und gab ihr sanft ihre Hände zurück.

«Die Augen sehen zu viel. Sie übersehen sich. Und der Mensch übersieht das Hören. Er vergisst, dass er eine Stimme in sich trägt, die Allah ihm gegeben hat, um sich in der Welt zurechtzufinden. Geh auf die Suche nach dieser Stimme, mein Täubchen. Das wird dein Wollen verträglicher machen.» Seine blicklosen Pupillen waren in die Höhe gerichtet. «Aber vielleicht willst du dich auch gar nicht in der Welt zurechtfinden. Vielleicht gehörst du zu denen, die in ihrer eigenen kurzen Ewigkeit verhangen bleiben. Allah ist groß, und seine Wege sind undurchschaubar.»

37.

Verstimmt schüttelte Yamina den Kopf.

«Du sollst ihn dir doch nur einmal anschauen, ihr habt euch seit der Beerdigung von Tante Aischa nicht gesehen.»

«Er hat mir auch nicht gefehlt, Mama.»

«Er hat sich gemacht, sage ich dir, er arbeitet jetzt in einem Textilunternehmen und hat genau das richtige Alter, um zu heiraten.»

«Wenn das mal keine Verzweiflungstat wird», bemerkte Mohammed, der gerade durchs Wohnzimmer kam.

«Du solltest besser ganz still sein», rief Yamina, «nicht wahr, Mama? Immer nur alles besser wissen, aber selbst ...»

Mohammed schlug die Tür hinter sich zu.

«Nun bist du schon da, Kind, sie kommen ja nur zum Tee, es ist doch nichts dabei. Seine Mutter ist eine treue Freundin.»

Yamina rührte noch einen Löffel Zucker in ihren Kaffee. Seit dem letzten Wahrsagerbesuch mit Salim war fast ein Monat vergangen. Einen Monat lang hatte sie versucht, die kratzige Stimme des alten Mannes zu vergessen, seine trübe schwimmenden Augen, seine schwieligen Hände.

«Wollen Sie mir denn gar nichts mitgeben?», hatte sie doch noch gewagt zu fragen, als sie beinahe schon an der

Tür waren, geführt von dem Jungen, der plötzlich wieder aufgetaucht war.

«Was mehr könnte ich dir denn mitgeben, mein Täubchen?»

«Na ja, ein Pulver vielleicht, oder eine Essenz.»

Der alte Mann klopfte sich gegen die Brust. «Da drinnen ist alles, was du an Essenz brauchst, *Inch'Allah.*»

Er senkte den Kopf zum Zeichen des Abschieds, und der Junge öffnete die Tür. Ärgerlich war Yamina die Gassen des Souk neben Salim zurückgegangen. Zweimal verloren sie die Orientierung, und Salim musste nach dem Weg fragen, während Yamina gedankenverloren neben ihm stand.

«Na, wie fühlt sich das Nachdenken an?», feixte Salim. Yamina warf ihm einen wütenden Blick zu. Sie überlegte, wen sie nach einer neuen Empfehlung fragen könnte, möglichst wieder eine Frau, die mit dem richtigen Gefühl wahrsagte und all das besser verstand und praktischer anging. Aber es fiel ihr niemand ein. Und jetzt saß sie auf dem Sofa neben ihrer Mutter, bei ihrem ersten Wochenende in Sousse nach den Wiederholungsprüfungen an der Universität, und lief Gefahr, mit ihrem Cousin verkuppelt zu werden. So hatte sie sich das nicht vorgestellt. So hatte sie sich das Leben nicht vorgestellt.

Ihrer Mutter zuliebe belächelte Yamina jeden der dümmlichen Witze, die ihr Cousin Bensour machte und selbst mit lautem Gelächter bedachte. Sie schenkte seiner Mutter Tee ein und spürte ihren inspizierenden Blick auf sich. Zum Ende des Besuchs lud Bensour sie ein, am nächsten Tag in ein Eiscafé zu gehen, «das gefällt euch in Tunis doch so», sagte er und grinste breit. Yamina blickte ihn wortlos an, sah aus den Augenwinkeln die erwartungsvollen Mienen ihrer beiden Mütter und nickte resigniert.

Als Yamina am nächsten Nachmittag in dem verabredeten Café an den Tisch trat, an dem Bensour schon saß, ein halbleeres Glas Mandelmilch vor sich, erhob er sich plump. Yamina lächelte ihm von oben herab zu, ohne jede Absicht, sich für die halbe Stunde Verspätung zu entschuldigen, da hatte er sie schon am Oberarm gegriffen und auf den Stuhl gedrückt.

«Was möchtest du?», fragte er, während er dem Kellner winkte und auf ihr Schulterzucken hin eine zweite Mandelmilch bestellte, was Yamina im letzten Moment in ein *Diabolo Menthe* abänderte. Als der Kellner den giftgrünen Minzsirup vor ihr abstellte, nickte sie befriedigt.

Unterdessen hatte Bensour einen langen Monolog über die Bedeutung der Textilindustrie für die tunesische Wirtschaft begonnen, und welche Verantwortung ihm in seiner Firma übertragen wurde, und welch blühende Zukunft dem Land bevorstehe, und wie ihm sein Chef letztens auf die Schulter geklopft habe. Yamina sog an ihrem Strohhalm und sah zur Straße hin, auf den verglichen mit Tunis so dürftigen Verkehr, auf die feixenden Jungenbanden, die hier über die Gehsteige zogen, ohne jeden Hauptstadtchic. Plötzlich brach Bensour ab. Yamina drehte sich ihm zu. Ein junger Mann mit dunklem Blick stand neben ihm, eine Sonnenbrille in der Hand. Schlechtgelaunt stellte Bensour ihn vor.

«Meine Cousine Yamina, mein Schulfreund Emadi.»

Emadi nickte ihr lächelnd zu.

«Eine junge Dame mit Vorliebe für teuflische Getränke, wie ich sehe», sagte er und deutete mit der Sonnenbrille auf ihr Glas. Zu ihrem Ärger wurde Yamina rot.

38.

Saadia hielt ihren Kopf über die Kaffeetasse gebeugt. Ihre zurückgebundenen Haare leuchteten in kräftigem Hennarot. Yamina hatte beschlossen, es noch einmal mit der ersten Wahrsagerin zu versuchen.

«Manchmal muss man auf die einfachen Mittel zurückgreifen», hatte sie gesagt, nachdem Yamina, die auf der anderen Seite des schmalen Tisches saß, verstummt war. Sie hatte sie nicht lange sprechen lassen, «drei Sätze, meine Schöne, das reicht». Und Yamina hatte kein Wort mehr gesagt. Saadia sollte nicht heraushören, dass sie noch andere Meinungen eingeholt hatte.

«Wie heißt der junge Mann?»

«Emadi.»

«Wo hast du ihn zuletzt gesehen?»

«In einem Eiscafé. Und ich weiß nicht, wie ich ihn wiedertreffen kann. Meinem Cousin, diesem Esel, will ich nichts sagen, der soll mir überhaupt gestohlen bleiben. Aber er ist der Einzige, der Emadi kennt.»

Salim, der auf einem Stuhl beim Eingang saß, grinste. Saadia warf ihm einen Blick zu.

«Keine Sorge, mein Liebchen, das ist das geringste Problem. Aber erst müssen wir dich reinigen. In dir spuken zu viele Namen und Gesichter herum. Koche einen Aufguss aus Ingwer und Tamarinde, gegen Ende gibst du etwas Hibiskus hinzu. Das trinkst du vier Tage lang und nimmst nichts anderes zu dir. Und geh jeden Tag ans Meer, nimm einen Schluck Salzwasser aus der Hand und schau eine halbe Stunde auf den Horizont. Am fünften Tag isst du einen Granatapfel, reibst dir mit einem Meeresschwamm den Körper ab und tauchst bis zu den Haarwurzeln ins Meer. Dann nimmst du eine Fingerspitze Pulver aus diesem Säckchen» – Saadia hielt Yamina einen kleinen Lederbeutel entgegen – «und bläst es übers Wasser. Am sechsten Tag isst du morgens ebenfalls einen Granatapfel und bläst eine Fingerspitze Pulver zur Landseite hin. Am siebten Tag in die dritte, und am achten Tag in die vierte Himmelsrichtung, immer, nachdem du einen Granatapfel gegessen hast. Am neunten Tag entkernst du den Granatapfel und reibst dir die Handflächen ein, bis sie rot sind. Am zehnten Tag wirst du ihm begegnen.»

39.

Yamina ging zufrieden neben Salim durch den Souk zurück.

«Zu den Obsthändlern, Salim, wir müssen Granatäpfel kaufen.»

«Du willst mir doch nicht erzählen, dass du tatsächlich diese Hexendiät machen willst?», sagte Salim. «Wobei – deinem Hinterteil würde es wahrscheinlich gar nicht schaden.»

Yamina schrie auf, und Salim musste sich ein paar Schritte nach vorn retten, um nicht an den Haaren gezogen zu werden. Sie kauften Granatäpfel und Ingwer und Tamarinde, und zu Hause angekommen, schickte Yamina Mbarka los, Hibiskus zu besorgen. Erstaunt betrachtete Yaminas Mutter die vielen Granatäpfel, die sich in der Küche in einer Schale häuften.

«Kannst du denn nicht warten, bis unsere eigenen Bäume tragen?», fragte sie.

«Ach Mama, das ist eine ganz besondere Kur, davon hat mir die Tante einer Freundin erzählt, die schon einmal nach Mekka gepilgert ist.»

Yaminas Mutter legte beeindruckt den Kopf schief. «Aber es war doch gerade erst Ramadan», wandte sie noch ein.

«Gerade deshalb. Damit nach dem Ramadan nicht einfach alles wieder vorbei ist. Er wird praktisch aufgefrischt.»

Yaminas Mutter ließ es gut sein, und Yamina machte sich daran, den Aufguss aus Ingwer und Tamarinde zuzubereiten, dem sie den Hibiskus beigab, den Mbarka ihr eine Stunde später brachte. Sie verbrühte sich fast am ersten Schluck, beim nächsten entfaltete der Ingwer seine ganze würzige Schärfe, und als die Tasse beinahe erkaltet war, kam das erdige Aroma der Tamarinde zur Geltung, in einem schüchternen Hibiskusrot.

Stolz übersprang Yamina das Abendessen. Der verbrannte Gaumen und die Innereien in grüner Sauce, die Mbarka vorbereitet hatte, machten es ihr nicht allzu schwer.

Am nächsten Morgen erwachte sie mit einem höchst leichten Gefühl, das erst nach dem Zähneputzen und mit dem von unten heraufsteigenden Kaffeegeruch in Hunger umschlug. In der Küche stand der Topf mit dem am Vortag zubereiteten Aufguss bereit. Aufgewärmt schmeckte er noch schärfer und erdiger. Yaminas Blick wanderte zu der Schale mit den prallen Granatäpfeln auf dem Tisch. Am fünften Tag, hatte Saadia gesagt. Oder war es der vierte gewesen? Und was konnte schließlich schon Schlimmes an einem kleinen Granatapfel sein? An diesen winzigen Körnern, die so saftig süß zwischen den Zähnen zerplatzten?

Schon hatte Yamina das Messer in der Hand und ritzte gedankenverloren in die feste Schale. Schließlich halbierte sie die Frucht mit einem schnellen Schnitt, legte eine Hälfte auf einen Teller und klopfte mit dem Messergriff darauf, bis sich alle Körner gelöst hatten.

Zu den Mahlzeiten trank Yamina Ingwer-Tamarinden-Aufguss und aß konsequent nichts. Erst ein oder zwei Stunden später, wenn ihr Magen immer ungeduldiger zu kribbeln begann, erlaubte sie sich ein paar Biskuits, oder ein kleines Sandwich mit Harissa oder ein paar Löffel Couscous. Es konnte ja nicht Sinn der Sache sein, dass sie Hunger litt, und den Granatäpfeln sprach sie eifrig zu, während sie die Tage zählte, die bis zu ihrer erneuten Begegnung mit Emadi fehlten.

Diese trat bereits am neunten Tag ein. Yamina kam gerade mit Mbarka vom Markt zurück, wo sie sich mit neuen Granatäpfeln eingedeckt hatte, und so konnte sie gar nicht anders, als sein plötzliches Auftauchen mit den Granatäpfeln in ihrem Korb in Verbindung zu bringen. Sie wurde rot.

«Yamina, nicht wahr?»

Yamina nickte. Mbarka sah den jungen Mann aus ihrem misstrauisch verrunzelten Gesicht an.

Emadi deutete mit der Sonnenbrille in seiner Hand auf ihren Korb. «Isst du auch so gern Granatäpfel?»

Yamina nickte, schluckte und sagte hastig: «Ich habe ein wunderbares Rezept für Granatapfelkuchen. Hast du den schon einmal probiert?»

Emadi schüttelte den Kopf, und der Ausdruck auf seinem sonst so unerschütterlichen Gesicht wurde von Yamina als erstaunt gedeutet.

«Wenn du willst, komm morgen vorbei. Am Nachmittag. Bis dahin ist er fertig.»

Emadi willigte ein, ließ sich die Adresse geben und setzte seine Sonnenbrille wieder auf.

«Was soll das denn, Granatapfelkuchen?», grummelte Mbarka, als sie weitergingen. «In meinem Leben habe ich noch keinen solchen Kuchen gegessen.»

«Schon gut, Mbarka, es ist das Einzige, was mir eingefallen ist. Irgendwie wird man doch wohl einen Kuchen aus Granatäpfeln hinkriegen, oder? Du musst mir helfen, bitte.»

Mbarka wackelte im Takt ihrer kurzen Schritte mit dem Kopf. Die Einkaufstüten, die sie links und rechts trug, berührten fast den Boden.

«Wer ist das denn schon, Kind, haben wir diesen Jungen je zuvor gesehen? Dein Cousin Bensour kam dreimal vorbei, und immer musste ich dich verleugnen. Was sind das für Launen?»

«Das sind keine Launen, Mbarka. Niemand würde Bensour ertragen. Und sieht Emadi nicht unglaublich gut aus?»

Mbarka schnaufte abfällig. «Mein Bruder hat auch gut ausgesehen, trotzdem war er ein Nichtsnutz. Und an jedem Finger könnte ich dir zehn weitere solche Nichtsnutze aufzählen. An denen fehlt es nie.»

«Mal nicht alles so schwarz, Mbarka, überleg dir lieber, wie man einen Granatapfelkuchen backen könnte. Wenn man die Körner zerstampft, zum Beispiel?»

40.

Als Yamina und Mbarka nach Hause kamen, verließ gerade der Doktor das Haus. Idi Ben Said war bei einem seiner Geschäftsbesuche in sich zusammengesunken und hatte das Bewusstsein erst wiedererlangt, als sein Chauffeur ihn ins Auto hievte, woraufhin er ihn als Esel und Tunichtgut beschimpfte, wenn auch mit etwas matter Stimme.

Der Arzt hatte ihm skeptisch den Bauch abgetastet.

«Wenn es etwas Ernstes ist, behalt es für dich, Ahmadi», sagte Idi Ben Said und machte Anstalten aufzustehen.

Der Arzt hielt ihn an der Schulter zurück. «Ich kann dir nicht sagen, was es ist, Idi, du müsstet in ein Krankenhaus, um Untersuchungen zu machen.»

«Ach was, Krankenhaus, die machen einen erst richtig krank. Verschreib mir eine gesunde Diät, und ich verspreche dir, dass ich mich daran halte. Kein Alkohol, kein Tabak, keine Frauen und so weiter.»

Der Arzt seufzte und notierte etwas auf einen Zettel. «Also gut. Man soll dir Umschläge mit warmer Tonerde machen. Du trinkst nur abgekochtes Wasser und isst Reissuppe, ab und zu ein wenig Hühnerfleisch, aber nichts Blähendes. Und wenn es dir in einer Woche nicht besser geht, bringe ich dich in ein Krankenhaus, verstanden?»

41.

Yamina blieb eine Weile bei ihrem Vater sitzen, dann ging sie in die Küche zu Mbarka, um sich dem Granatapfelkuchen zu widmen. Den ganzen Nachmittag waren sie damit beschäftigt, Granatapfelkerne auszulösen, im Mörser zu zerstampfen, durch ein Sieb zu drücken, den Saft mit Mehl zu verrühren, Eier und Zucker hinzuzufügen, etwas Zimt und Kardamon, Vanille und Zitrone und was Mbarka sonst noch einfiel, und die Masse schließlich in einer Form in den Ofen zu schieben, den Yamina alle zehn Minuten öffnete, um sicherzugehen, dass der Kuchen nicht verbrannte.

Am nächsten Nachmittag kam Emadi, was in der Aufregung um Idi Ben Saids Gesundheitszustand so gut wie niemand im Haus bemerkte. Alle Tanten und Verwandten saßen im oberen Stockwerk in und vor Idi Ben Saids Schlafzimmer und berichteten von ähnlichen Fällen, die ihnen zugestoßen oder zugetragen worden waren. Idi Ben Said döste unterdessen vor sich hin, trank ab und zu einen Schluck von dem Fencheltee, den seine Frau ihm reichte, oder ermunterte die Anwesenden, fleißig süßes Gebäck für ihn zu essen.

Emadi hatte nicht lange Zeit, sich über das Treiben im Haus zu wundern; kaum war er durch die offene Tür getreten, hatte Yamina ihn schon erspäht und zum Sofa befördert. Eine Minute später brachte sie feierlich auf einem silbernen Tablett mehrere Scheiben Granatapfelkuchen und Minztee, der in der Küche längst bereitgestanden hatte. Emadi, die Sonnenbrille in den Hemdausschnitt gehängt, verzehrte folgsam zwei Stück des süßen, feuchten Kuchens, trank nacheinander zwei Gläser Tee mit einem Schluck leer und fragte Yamina, was ihr Vater denn so treibe.

«Mein Vater?» Yamina hob unwillkürlich den Kopf zur Zimmerdecke, über der ihr Vater im Bett lag.

«Ein geschickter Geschäftsmann, dein Vater, ich habe schon viel von ihm gehört. Ein interessanter Mann.»

Yamina nickte langsam.

«Ich würde ihn gern begrüßen. Das nächste Mal?»

Yamina nickte weiter, den Blick auf den Daumen gerichtet, mit dem Emadi sich übers Kinn strich.

«Dann komme ich die Tage noch mal vorbei, ja. Darf ich?», fragte er und stand auf.

Yamina zwang sich zu einem Lächeln.

Kaum hatte er das Haus verlassen, brach sie in Tränen aus.

Mbarka kam aus der Küche. «Was ist denn, mein Kind, habe ich dir nicht gesagt, dass solche nichts wert sind, von denen man nichts kennt, außer ihrem hübschen Gesicht?»

«Hör auf, Mbarka, du verstehst gar nichts. Morgen gehe ich zu Saadia. Kannst du Salim dazu bringen, dass er mich noch mal begleitet? Er soll mir Glück bringen.»

42.

Diesmal war die Aufgabe etwas heikler. Saadia hatte ihr nickend zugehört und beschlossen, stärkere Maßnahmen zu ergreifen. Die Krankheit des Vaters sei ein weiteres Zeichen, etwas gerate außer Kontrolle, allerdings habe sie darauf ohne direkten Kontakt zu Idi Ben Said keinen Einfluss. Umso rascher gelte es anderweitig einzuwirken, wolle Yamina den jungen Mann tatsächlich an sich binden. Yamina nickte ängstlich.

«Dann musst du ihm bei seinem nächsten Besuch ein paar Tropfen goldener Essenz zu trinken geben, im Kaffee oder im Tee lässt sich das leicht übertünchen. Gib drei Blüten Jasmin dazu.»

Yamina folgte den geschnörkelten Bewegungen ihrer Finger mit großen Augen. Saadia wurde deutlicher, Yamina lief rot an, und Salim auf seinem Stuhl erstickte einen Lachanfall mit der Hand.

Immer noch mit entflammten Wangen ging Yamina durch den Souk zurück, den Blick starr auf die Stände gerichtet, um Salim nicht ansehen zu müssen. Ein Melonenverkäufer kam ihnen mit seinem Karren in den Weg, bei seinem Manöver fiel eine mächtige Wassermelone heraus und zerplatzte auf dem Pflaster. Da kreuzten sich ihre Blicke doch für einen Augenblick, und sie lachten los, mit roten Spritzern auf den Waden standen sie vor dem Karren und bogen sich vor Lachen, unter den verwunderten Blicken von Frauen mit Einkaufskörben oder Bündeln auf dem Kopf, zu der lautstarken Debatte des Melonenverkäufers mit dem Silberschmied, der ihm nicht helfen wollte, den Karren um die Ecke zu ziehen.

«Das tust du nicht», sagte Salim, als sie den Souk verließen. «Ich wette, das tust du nicht.»

«Und ob ich das tue», sagte Yamina, «da kannst du Gift drauf nehmen. Wenn es das nötige Mittel ist, dann bitte, und wenn nicht, wird es ihm auch nicht schaden.»

«Berk, igitt», rief Salim und verzog das Gesicht. «Du willst ihm ernsthaft deine Pisse im Kaffee verabreichen? Du bist ekelhaft!»

«Halt den Mund und vergiss es einfach. Lieber das, als zum Gespött der Leute zu werden. Oder hättest du mich gern als sitzengebliebene alte Jungfer?»

«Keine Ahnung, vielleicht immer noch besser als jeden Tag Emadi. Der ist mit unserem Fußballtrainer befreundet, und wie die nach manchen Spielen herumziehen …»

«Sei still, wir sind fast da. Kein Wort, hast du verstanden? Und wenn du Emadi das nächste Mal siehst, dann bring ihn hierher. Aber unauffällig, dass es nicht so aussieht, als hätte ich dich beauftragt. Wirst du das tun?»

Salim verzog entnervt die Mundwinkel, aber Yamina hatte ihren letzten Satz wirkungsvoll genug betont, um das Mitgefühl ihres fünfzehnjährigen Bruders zu wecken, der schließlich einlenkend nickte.

«Verdient hat er es sich eigentlich», sagte er.

43.

Und tatsächlich brachte Salim Emadi zwei Nachmittage später mit. Yamina lief rasch in die Küche, um den Tee zuzubereiten, ohne erst zu fragen, ob er Kaffee wolle. Tee erschien ihr bei weitem die elegantere Variante.

Emadi und Salim fachsimpelten über Fußball, als Yamina mit dem Tablett aus der Küche kam. Salim beobachtete sie mit gerunzelter Stirn, während sie die Schale mit den Ghraiba auf den Tisch stellte und vor jeden ein Teeglas plazierte, in dem Minzblätter und drei weiße Jasminblüten schwammen.

«Oh, frischer Jasmin, wie originell!», sagte Emadi. «Jasmin, Süße meiner Abendstunden.»

Yamina lächelte etwas gezwungen.

«Es gibt dem Tee eine besondere Note», sagte sie förmlich.

«Eine besondere Note, ja», murmelte Salim und betrachtete argwöhnisch sein Glas.

«Die Ghraiba sind selbstgebacken», sagte Yamina und hielt ihm die Schale hin. Emadi steckte sich eins ganz in den Mund. Yamina und Salim beobachteten, wie seine Zunge den pudrigen Kichererbsenteig hin und her schob, und Yamina schob beflissen seine Teetasse näher.

«Trink einen Schluck, der Jasmin gibt den Ghraiba erst den richtigen Geschmack.»

Emadi nickte, hustete, griff nach seiner Teetasse und nippte daran. Yamina erschrak, als er nochmals hustete, worauf er jedoch den Rest des Tees auf einen Schluck austrank. Yamina atmete tief durch.

«Und wie geht es deinem Vater?», fragte Emadi.

Salim und Yamina blickten ihn prüfend an.

«Noch einen Tee?», fragte Yamina.

44.

Idi Ben Said lag in seinem Bett und ließ sich von den Stimmen ringsum einlullen. Es war ihm gelungen, die entfernteren Tanten mit den schrillsten Organen zu verbannen; seine Frau und seine Schwestern hielten eisern die Stellung, zeitweise verstärkt durch die Kinder. Nadia war aus Tunis herbeizitiert worden, Salim und Hassan standen auf Abruf bereit, um für Idi Ben Said Botengänge zu dem einen oder anderen Olivenbauern zu machen oder eine Ladung Meeresschwämme aus dem Süden in Empfang zu nehmen oder Medikamente aus der Apotheke zu holen oder gleich den Arzt. Es war schließlich gelungen, Idi Ben Said für eine Untersuchung ins Krankenhaus von Sousse zu bringen. Seine Frau Mariam verstand nichts von den Schatten und Knoten, die bei den Röntgenaufnahmen zutage gekommen waren, einigte sich jedoch mit ihren ältesten Kindern darauf, dem Vater nichts von dem Befund zu sagen. Und auch nicht, dass es für die Behandlung nötig war, das Stück Land mit den Obstbäumen zu verkaufen, wo sie jeden Sommer Wassermelonen aufgeschlagen und Pfirsiche gegessen hatten. Mohammed, abendlicher Stammgast der Bars und Cafés, in denen die Notabeln der Stadt verkehrten, kümmerte sich darum, einen Käufer zu finden, und vergaß darüber eine

Weile sein Aufbegehren gegen die väterliche Autorität. Dafür setzte er sich weiter gegen die mütterliche Frömmigkeit zur Wehr, wenn er gegen Mittag zu den Gebeten und Koransuren aufwachte, die im Nebenzimmer gesummt wurden. Dass man davon nicht gesund werde, sondern erst recht krank, rief er dann aus seinem Zimmer, worauf seine Mutter den Zeigefinger auf den Mund legte und er mit verquollenen Augen die Tür zuwarf.

Yamina war unterdessen mit allerlei Pulvern und Essenzen beschäftigt, die abwechselnd in Tee, Gebäck oder Orangenblütensirup verarbeitet und Emadi verabreicht wurden. Er kam inzwischen regelmäßig, schien bisweilen selbst überrascht, dass er sich schon wieder in diesem Wohnzimmer befand, durch das in unvorhersehbaren Abständen eine von Yaminas Tanten kam, sich manchmal kurz hinsetzte, über die Hitze, die Medikamentenpreise oder die Ungerechtigkeit des Lebens klagte, während kleinere Brüder im Auto vorfuhren, mit oder ohne Chauffeur, und Kisten voller Feigen ausluden, von denen die Mutter ein paar auf einem Teller anordnete und Idi Ben Said zum Kosten brachte.

«Mein Vater darf nicht wissen, dass sie nicht mehr von unserem eigenen Land kommen», wisperte Yamina Emadi zu. «Salim und Hassan mussten lange suchen, bis sie welche fanden, die genauso schmecken.»

Emadi nickte verwirrt.

Hatte er dann sein gewohntes Selbstvertrauen zurückerlangt, fragte er Yamina, was ihr Vater denn sonst noch an Besitzungen habe und ob er selbst in irgendeiner Weise behilflich sein könne. Yamina antwortete ausweichend und mischte bei ihrem nächsten Gang in die Küche noch etwas Spucke in den Tee. Ihre Fingernägel waren inzwischen ganz kurz geschnitten, so unermüdlich zerstampfte und rührte sie sie in Mandel- oder Kichererbsenteig, aus dem sie mit Mbarkas Hilfe verlockende Makroud, Baklava oder gefüllte Datteln zubereitete.

«Ich habe dich noch nie so eifrig in der Küche gesehen», sagte Nadia, «du scheinst ja ganz versessen darauf, da deinen Lebensinhalt zu finden.»

Yaminas Mutter registrierte die neue häusliche Ader ihrer Tochter befriedigt, hatte sie denjenigen, dem diese Aufmerksamkeiten galten, auch noch nicht näher unter die Lupe nehmen können. Das war Aufgabe ihres Mannes. Dessen Verfassung ließ es jedoch nicht zu, ihm einen möglichen Anwärter auf seine älteste Tochter ans Krankenbett zu stellen, der sich zudem noch nicht zu seinen weiteren Absichten geäußert hatte.

Was auch Yamina langsam ungeduldig machte. Sie beschloss, dass es an der Zeit sei, eine entscheidende Offensive zu starten. Saadia, die sie inzwischen allein aufsuchte, da Salim neben der Schule zu beschäftigt mit den Aufträgen seines Vaters war, hatte ihr eine Eidechse besorgt, die in einer Vollmondnacht mit einem Feuerstein erschlagen worden war. Yamina hatte vor Ekel einen steifen Rücken, als sie das Tierchen in der Handtasche nach Hause trug, sich vergewisserte, dass die Küche leer war, und es in einen Kochtopf warf, um einen Sud auszukochen. Vierundzwanzig Stunden, hatte Saadia gesagt, doch bereits nach einer Viertelstunde drohte der ölige Geruch das ganze Haus zu durchziehen, so dass Yamina den Topf rasch vom Herd zog und in die Besenkammer im Innenhof zum Auskühlen stellte.

Die Verabreichung des Suds gestaltete sich schwieriger, da es einer würzigen Mahlzeit bedurfte, um den kräftigen

Geschmack zu übertünchen. Ohne das Oberhaupt der Familie konnte Emadi jedoch nicht offiziell zum Essen eingeladen werden. Emadis üblicher Nachmittagsbesuch musste also unauffällig hinausgezögert werden, bis es Zeit zum Abendessen war.

Das gelang Yamina ohne größere Schwierigkeiten, wenn auch mit zunehmender Verunsicherung Emadis, der sich bei jedem Versuch, vom Sofa aufzustehen, neue Anekdoten aus der glorreichen Familiengeschichte der Ben Saids und Anmaleks anhören durfte. Als schließlich die ersten Gerüche des Couscous, den Yamina Mbarka zu kochen aufgetragen hatte, aus der Küche drangen, bemerkte Yamina überrascht, wie die Zeit doch verfliege, und ganz spontan lud sie Emadi ein, zum Essen zu bleiben.

«Nichts Besonderes», sagte sie, «nur Couscous. Aber wenn Mbarka ihn zubereitet, ein Gedicht», und schmeichelnd setzte Yamina alle Einwände Emadis außer Kraft und ihn an den Tisch, wo er wenige Minuten später von Mutter, Brüdern und Schwester umringt war, die ihn alle etwas erstaunt betrachteten.

Yamina verschwand in der Küche, um Mbarka zur Hand zu gehen, nachdem sie sie überzeugt hatte, dass es feiner war, die Teller dort anzurichten, statt wie sonst auf dem Tisch zu servieren. Während Mbarka noch damit beschäftigt war, die Sauce behutsam unter den sich langsam rot färbenden Couscous zu rühren, schöpfte Yamina Fleisch und Gemüse auf den ersten Teller, und dazu aus dem kleinen Topf, den sie aus der Besenkammer geholt hatte, mit gerümpfter Nase ein paar Löffel Sud.

Weitere erstaunte Blicke erntete Yamina von ihrer Familie, als sie mit den ersten beiden Tellern aus der Küche kam.

«Was sind denn das für neue Sitten?», fragte Mohammed mit mürrischer Miene.

«Mal was anderes», sagte Yamina schnippisch und stellte den ersten Teller vor Emadi hin. Salim musterte mit zusammengekniffenen Augen die Portion Couscous und verfolgte, wie Emadi seine Gabel zum Mund führte.

«Hast du keinen Hunger, Salim?», fragte ihn seine Mutter etwas später, als alle Teller fast leer waren und er immer noch nicht zu essen angefangen hatte. Nach einem anfänglichen kurzen Innehalten mit vorgeschobenem Unterkiefer hatte auch Emadi dem Couscous eifrig zugesprochen.

«Nicht besonders», sagte Salim.

Yamina warf ihm einen blitzenden Blick zu.

«Ich habe nach dem Training schon gegessen», fügte Salim hinzu.

Seine Mutter trug Mbarka auf, Salims Teller für später in den Ofen zu stellen, wandte sich wieder dem konzentriert kauenden Gast zu und entlockte ihm mit einsilbigen Fragen ein paar einsilbige Antworten. Als Emadi seinen Teller ganz aufgegessen hatte, neigte Yamina den Kopf mit froh gespitztem Mund über ihren kaum angerührten Teller.

45.

Und wirklich erklärte sich Emadi eine Woche später. Zwischen ihm und den Brüdern herrschte seit dem gemeinsamen Essen ein scherzender Ton, die Mutter hatte sich mit seiner Gegenwart abgefunden, und Yamina himmelte ihn ganz unverhohlen an, was seine Pläne unversehens in neue Bahnen lenkte. Als Emadi, jüngster Sohn des Schusters Emadi, musste man die Chance nützen, vom Schicksal eine Tochter Idi Ben Saids gesandt zu bekommen. Ihm gefiel sein bisheriges Dasein in den Bars und Hinterzimmern der edlen Hotels, wo in einer Nacht ganze Häuser verspielt werden konnten und er sich mehr oder weniger unentbehrlich gemacht hatte. Er kümmerte sich um die praktischen Details der Transaktionen und um die Whiskeygläser auf dem Tisch, hielt sich während der Pokerrunden diskret im Hintergrund und war in der übrigen Zeit Vertrauensmann der verschiedenen Spieler. Er wusste um finanzielle Engpässe und intrigierende Schwiegermütter, besorgte Räumlichkeiten für romantische Stelldicheins und ließ Mätressen ihre monatliche Apanage zukommen. Ihm gefiel es, sich in den Geheimnissen anderer zu bewegen, an ihren Fäden zu zupfen. Gleichzeitig ahnte er aber auch, dass sich die Enden dieser Fäden immer in den Händen anderer befinden würden und dass sich ihm wenig Aussichten boten, seine Position zu verbessern. Alle hielten große Stücke auf ihn, aber er hatte sich mit seinem Platz zu begnügen, er wusste zu viel, um als Ebenbürtiger akzeptiert zu werden. Keiner von denen, die ihn ohne zu zögern mit einer Geldsumme, wie er sie in seinem ganzen Leben nicht besitzen würde, zu einem Richter oder Bürgermeister schickten, hätte ihm je die Hand seiner Tochter gegeben.

Idi Ben Said bedeutete eine unerwartete Wende seiner Lage, umso mehr, als dieser noch nie an einem Spieltisch gesehen worden war und sich, soweit Emadi wusste, an keinen krummen Geschäften beteiligte. Als Schwiegersohn Idi Ben Saids würde er respektabel werden, und zugleich sah er sich sehr gut als Nachfolger des gewitzten Geschäftsmanns, als Verwalter seiner Güter, die er im Landesinnern besitzen musste, wie gemunkelt wurde.

Emadi wusste nicht, dass diese Güter sich mittlerweile auf eine Bäckerei und ein Wohnhaus in Kalâa Kebira und das Stück Land beschränkten, das zur Begleichung der Arztkosten soeben dem Meistbietenden verkauft worden war. Und er wusste nicht, dass Idi Ben Said trotz Morphium und Bettlägerigkeit nach wie vor Herr über die Geschicke seiner Familie war. Auf Anraten seiner Frau bestellte er den nunmehr ernsthaften Bewerber Emadi zu sich und überzeugte sich binnen fünf Minuten, dass er es mit einem Filou zu tun hatte. Idi Ben Said ließ den Bürgermeister kommen, den er zwar nicht wie andere mit Zuwendungen bei Laune hielt, sich aber durch ältere Bande verpflichtet wusste, und wurde in seinem Urteil bestätigt. Der Bürgermeister versprach, persönlich dafür zu sorgen, dass fraglichem Emadi der Weg schmal gemacht werden würde. Davon sagte Idi

Ben Said Yamina nichts, als er sie ebenfalls an sein Bett rufen ließ. Dafür verbat er ihr jedoch ohne Umschweife jeglichen Umgang mit dem Schustersohn, er habe nichts gegen Schuster, ganz im Gegenteil, wohl aber gegen Söhne, die den ehrlichen Ruf ihrer Väter beschmutzten. Und sich in gemachte Nester setzen wollten.

Yamina verließ das Schlafzimmer blass und mit roten Augen. Ihr erster Impuls war, Saadia um ein Mittel zu bitten, das ihren Vater beugen würde. Die nächsten zwei Stunden verbrachte sie weinend in der Küche bei Mbarka.

«Die mit den hübschen Gesichtern, die sind es nicht wert», sagte Mbarka ein ums andere Mal. «Ich weiß vielleicht sonst nicht viel, aber das weiß ich.»

«Hör doch auf», entgegnete Yamina schluchzend. «Hat Salim vielleicht kein hübsches Gesicht? Würdest du irgendwann seiner Braut auch sagen, dass er es nicht wert ist?»

«Salim, Salim», sagte Mbarka und schabte mit ledrigen Händen Karotten. «Den Jungen hättest du nicht mitnehmen dürfen. Aus Jungen werden Männer, und manche Dinge sollten Männer besser nicht wissen.»

Yamina hörte ihr schon nicht mehr zu. Yamina hörte nur noch die andere Stimme in ihrem Kopf hämmern, die Stimme, die ihr sagte, dass nun alles aus war, für immer vorbei, dass Youssefs Fluch sich bewahrheitet hatte und sie nie heiraten würde, dass sich ihr immer irgendein Hindernis in den Weg stellen würde.

Im Zweifelsfall sie selbst, wie es zwei Jahre später bei einer anderen Gelegenheit geschehen sollte, als sie es im letzten Moment nicht über sich brachte, das Kleid anzuziehen, an dem die Schneiderin zwei Wochen genäht hatte, und Bräutigam und Gäste vergeblich in dem Haus der vermeintlichen zukünftigen Schwiegereltern warteten, um das Yamina fortan bei ihren Aufenthalten in Sousse einen großen Bogen machen würde.

Doch das sollte Idi Ben Said schon nicht mehr erleben. Er starb, sechs Monate nachdem Emadi aus Sousse verschwunden war; nach Tunis wohl, wie seine Mutter leise vermutete, den Schleier mit der Hand über den Mund ziehend, als Yamina Emadis Elternhaus in einer der engen Altstadtgassen ausfindig gemacht hatte. In der offenen Tür hämmerte der Vater an einem Schuh, hinter einem Vorhang knetete die Mutter einen Brotfladen auf einer Steinplatte am Boden.

Yamina holte bei Saadia Rat ein, doch die zuckte dieses Mal nur mit den Schultern.

«Wenn ein starker Geist dazwischenfunkt, ist das beste Pulver machtlos», sagte sie.

Yamina fügte sich in ihr Los, nicht ohne eine gewisse Genugtuung. Es verlieh ihr trotz allem eine gewisse Aura, wie sie fand. Zumindest in der Familie spielte sie ihre Rolle der vom Schicksal Gezeichneten bis zur Perfektion.

46.

Noch vor seinem Tod hatte Idi Ben Said dafür gesorgt, dass ein Bankdirektor in Tunis, der ihm etwas schuldig war, Yamina in seiner Filiale einstellte. Yaminas Mutter schlug die Hände zusammen, als sie davon hörte, unterdrückte ihren Aufschrei jedoch auf einen Blick ihres Mannes hin, der bereits aus einer anderen Welt zu kommen schien.

Yamina sagte nichts, war ihrem Vater aber insgeheim dankbar. Wieder nach Tunis zu gehen schien die glimpflichste Lösung, selbst wenn sie dafür arbeiten musste; aber Banken schlossen schließlich um zwei Uhr nachmittags. Auch blieben ihr auf diese Weise die letzten Monate ihres Vaters erspart, der entsetzliche Anblick, ihn unter der Wirkung des Morphiums in sich zusammenfallen zu sehen. Ein letztes Mal versammelte Idi Ben Said die ganze Familie, wenige Tage vor seinem Tod. Er konnte schon nicht mehr sprechen, aber es bedurfte auch keiner Worte, um ihn zu hören. «Die Familie ist alles», klang es jedem seiner Kinder in den Ohren, «für keinen ist nichts zu viel.»

47.

In Tunis zog Yamina bald von ihrer Tante in eine eigene Zwei-Zimmer-Wohnung um, das Gehalt der Bank erlaubte es. Der Direktor war ihr wohlgesinnt und wies ihr nach der Einarbeitungszeit zunehmend verantwortungsvollere Aufgaben zu. Als Yamina dies merkte, wurde ihr Arbeitstempo langsamer. Oft kam sie später wegen Arztterminen, die sich nur auf morgens legen ließen, wie sie beteuerte, wegen ihrer schleichenden Depressionen aber unumgänglich seien. Die Kollegen drückten ihr Bedauern aus. Nach ein paar Monaten überprüfte sie in einem der hinteren Büros Kontostände und sperrte Dispokredite. So gingen die Vormittagsstunden herum. Zwischendurch trank sie Nescafé, später zu Hause aß sie ein Omelett, und nachmittags ging sie bummeln. Am liebsten in Einrichtungsgeschäfte. Ihr Wohnzimmer füllte sich mit Marmortischchen, goldgeschnitzten Stühlen und Kanapees mit Chintzbezug und geschwungenen Füßen. Alle Sitzmöbel hatten ihre eigenen durchsichtigen Plastikbezüge. Kam Besuch, legte sie zusätzlich Wachstuchdecken auf die Beistelltischchen. Die Küche war aus weißem Holz, mit vielen Schränken und goldenen Griffen. Betrat jemand den glänzenden Fliesenboden, stand Yamina mit einem Lappen bereit. Sie hatte eine Zuckerschale in Form einer Porzellanerdbeere, und an der Wand hing eine ebenfalls mit Obstmotiven bemalte Küchenuhr. Das Fenster ging auf einen kleinen Innenschacht hinaus, wurde von Yamina aber nur in Ausnahmefällen geöffnet.

Als Yamina nach einigen Jahren beschloss, ihre gesamte Einrichtung zu erneuern, musste das noch verbleibende Wohnhaus in Kalâa Kebira verkauft werden. Das Möbelgeschäft drohte ihr wegen des ungedeckten Schecks mit der Pfändung ihrer Wohnung, die bereits mit einer Hypothek belastet war, wie sich bei der Gelegenheit herausstellte, und in einer Krisensitzung der Geschwister redete Nadia den anderen mit den Worten Idi Ben Saids ins Gewissen: «Die Familie ist alles.» Mohammed kümmerte sich wieder darum, einen Käufer zu finden, die Rechnung wurde bezahlt, für jeden blieb noch ein kleiner Rest. Hassan brach den Kontakt zur Familie auf Betreiben seiner Frau hin ab, die seine Lehrerin an der Landwirtschaftshochschule gewesen war und ihm nach einer kurzen Affäre erklärt hatte, nunmehr kompromittiert zu sein, woraufhin Hassan sich der Verantwortung gestellt und sie geheiratet hatte.

Nadia war Englischlehrerin an dem Gymnasium in Sousse und hatte eine Tochter und einen Sohn mit Yasser, der in Deutschland Germanistik studiert hatte, sich mit der Zeit jedoch zunehmend als Reiseführer betätigte und Touristengruppen zu den Ausläufern der Sahara begleitete.

Ismael und Jamila hatten nach vielen kinderlosen Jahren einen Säugling adoptiert. Als der Junge größer wurde, riefen ihm die anderen Kinder auf der Straße manchmal von weitem «Bastard» nach, aber Ismael und Jamila brachten es nicht übers Herz, ihn über seine Herkunft aufzuklären. Nadia sorgte dafür, dass ihre Kollegen ihn trotz seines wachsenden Desinteresses an der Schule nicht durchfallen ließen. Als er mit einigen Freunden von der Polizei beim Kiffen erwischt und aufs Revier mitgenommen wurde, mobilisierte Mohammed seine Kontakte, damit ihm keine Vorstrafe eingetragen wurde.

Abgesehen davon dachte Mohammed sich Projekte für Buchhandlungen oder Kopiergeschäfte in dem noch verbleibenden Gebäude in Kalâa Kebira aus und schimpfte über die rückständige Gesellschaft, in der zu leben er verdammt sei, die jeden aufgeklärten Gedanken im Keim ersticke. Als das väterliche Haus nach dem Tod der Mutter aufgegeben wurde, zog er zu Jamila und Ismael. Manchmal war Jamila noch wach, wenn er abends nach einem seiner Streifzüge durch die Bars der Stadt zurückkam, und sie rauchten eine Zigarette zusammen, und Jamila hörte sich schweigend Mohammeds Tiraden über den unerträglichen Sumpf der Welt an.

48.

Salim war unterdessen längst in Frankreich. In den Sommerferien wohnte er ebenfalls bei Ismael und Jamila, doch es war nicht mehr wie früher. Die Mutter war nach dem Tod Idi Ben Saids verstummt, hatte mehrere Jahre lang kaum noch den Koran aufgeschlagen, und eines Morgens war sie nicht mehr aufgewacht. Seitdem fiel die Familie auseinander. Mbarka war in ihr Heimatdorf zurückgegangen, wo sie alt werden wollte. Bei einem seiner Sommeraufenthalte veranlasste eine dunkle Vorahnung Salim, in den Süden hinunterzufahren und sie zu besuchen. Mohammed sollte ihn begleiten, betrank sich jedoch am Vorabend derart, dass nichts ihn aus dem Bett bringen konnte. Zwei Wochen später starb Mbarka.

Die Abstände zwischen Salims Besuchen wurden größer, die Kinder waren jedes Mal kaum wiederzuerkennen, es bildeten sich Klüfte, die früher unvorstellbar gewesen wären. Kam Hassan mit seiner Familie während Salims Aufenthalt zu Ismael und Jamila, saßen alle in einem schweigenden Kreis um Teegläser und Gebäckteller. Hassan ließ seine beiden Töchter von ihren schulischen Erfolgen berichten, sprach von dem Haus, das sie in einem der neuen Viertel bauten, dann verstummte er neben seiner Frau. Sie hatte ihn dazu gebracht, einen Schnurrbart zu tragen, weil er damit älter wirkte. Tatsächlich hätte ihn niemand mehr für den jüngsten Bruder gehalten. Die Verantwortung als Direktor der staatlichen Landwirtschaftsschule machte seine Bewegungen gewichtig.

Das Haus, das Nadia und ihr Mann gebaut hatten, war ein Wohnblock mit dicken Mauern in einem anderen der neuen Viertel. Im Sommer vermieteten sie im unteren Stockwerk Wohnungen an Urlauber. Nadias Mann Yasser musste jedes Mal an sich halten, um die tunesischen oder libyschen Feriengäste nicht zurechtzuweisen, wenn er sie in Badeschlappen und mit sandigen Füßen ins Haus gehen sah. Nadia schwieg dazu und bereitete ihrem Mann Eisenkrauttee zu. Ihre kleinen Freuden waren dafür die süßen Loukoum, die Pistazienbällchen und die mit Marzipan gefüllten Datteln, die sie abwechselnd mit einer Mathematik- und einer Arabischlehrerin in den Schulpausen bei einer nahe gelegenen Patisserie holte. Sie hatte seit ihrer Hochzeit dreißig Kilo zugenommen; an ihrem Kühlschrank heftete eine Ernährungstabelle.

Gelegentlich kam auch Yamina nach Sousse. Nur um nach wenigen Tagen wieder aus der kleinstädtischen Atmosphäre zu fliehen. Niemand machte ihr offen Vorwürfe, aber nur bei Nadia wagte sie es, sich etwas zu borgen. Wenn Salim Yamina zurück nach Tunis begleitete, zeigte sie ihm stolz die silbernen Schatullen und ziselierten Figürchen in ihrem gläsernen Wandschrank, die golden verzierten Korandrucke an der Wand und die Tropfenlampe über dem unbenutzten Esstisch mit den Einlegearbeiten. Bis sie irgendwann aufschreckte, rasch die Zuchtperlenkette, die sie gerade hervorgeholt hatte, wieder in ihr Kästchen schloss und ihn hastig fragte, wie lange er bleiben würde, und warum nur so kurz, und warum er nie Zeit habe. Brachen sie dann auf zu einem der Cafés an der Avenue Habib Bourguiba, wählte sie sorgfältig eins der Sommerkleider in ihrem großen Schlafzimmerschrank, jugendlich bunt für ihren mittels frugaler Abendessen schlank gehaltenen Körper, zog sich vor dem Spiegel im Eingang die Lippen nach, und mit erhobenem Kinn fuhr sie neben Salim im Aufzug hinab. Fragte er sie nach einem der Verehrer aus der Bank, von denen sie bisweilen erzählte, winkte sie ab, immer erwiesen sie sich als Schlafmützen oder als verheiratet, aber es gebe da einen neuen Nachbarn, der sie schon mehrmals an der Haustür begrüßt habe.

Und in diesen Momenten vergaß Salim die ungehaltenen Mienen, mit denen seine Geschwister über Yamina sprachen, vergaß seine eigene Verärgerung am Telefon, wenn Yamina für eine neue Hiobsbotschaft sorgte und sie alle um einen weiteren Teil ihres Erbes brachte. Er sah die anderen vor sich, in ihren neugebauten oder halbfertigen Häusern, Hassan und seine Frau, die ihn zu immer neuen Posten drängte, Nadia und ihren Mann, der mit Touristen auf Kamelen durch die Wüste ritt, Ismael und Jamila abends auf ihrer Veranda, während ihr Sohn auf finsteren Baugrundstücken mit anderen Jugendlichen kiffte, Mohammed, der gegen Mittag mit fahlem Gesicht aus seinem Zimmer kam.

Und er sah sich selbst, in seiner kleinen Wohnung in Paris, durch die junge Mädchen und Frauen wanderten, ohne dass er eine davon aufgefordert hätte, länger zu bleiben. Sah sich im Forschungszentrum der Universität Programme ausarbeiten und am Ende des Tages in dem Bistro an der Ecke ein Steak mit Pommes frites essen.

Salim fragte sich, was sein Vater zu all ihren Leben gesagt hätte. Wie er in Erwachsenengesichter geschaut hätte, die kaum noch die Kinder erraten ließen, die sie einmal gewesen waren. Und letztlich hatte einzig Yamina nicht klein beigegeben. Versehentlich hatte das Schicksal die ehrgeizigen väterlichen Pläne nicht erfüllt, schien ihr leicht vorgeschobenes Kinn auszudrücken. Aber sie würden sich noch erfüllen, irgendwann, auf eine andere, unvorhersehbare Weise. Oder erfüllten sich bereits in ihrer Weigerung, die Realität als etwas zu betrachten, dem man sich beugen musste. An jenem Tag im Aufzug von Yaminas Apartmenthaus in Tunis sah Salim sich in seinem Anzug neben seiner Schwester stehen wie einen Vollzugsbeamten, und mit einem Mal wurde er sich bewusst, dass seine Schwester ihre und seine und die Kindheit ihrer aller in sich barg wie eine Quintessenz. Keiner von ihnen hatte irgendwelche Träume erfüllt, weder eigene noch die ihres Vaters, dafür trug Yamina ihre Träume zumindest spazieren. Der Gruß eines Nachbarn, mit dem sie darüber hinaus keine Silbe wechselte, ein verstohlener Blick in einem Café, ein Arm, der sie nachlässig streifte, ließ in ihr alle Möglichkeiten aufleben, die solch eine Begegnung mit sich bringen konnte, machte Yamina wieder zu dem jungen Mädchen, das kokett den Blick senkte und den Vater sagen hörte: «Es kann dir doch keiner das Wasser reichen.»

Und Salim sah Yamina auf einem Schemel vor einer Alten mit hennagelben Haaren sitzen, die ihr aus dem Kaffeesatz las, und ohne es zu formulieren, wusste er, dass dieses Bild ebenso seiner in irgendeinem Moment abhanden gekommenen Jugend entspringen konnte wie der Gegenwart seiner Schwester in Tunis. Dass für sie die Übergänge fließend geworden waren, sie weiter mit aufgerissenen Augen in irgendwelchen Hinterzimmern den Duft von Räucherkerzen einatmete und Pülverchen und Essenzen in kleinen Flakons nach Hause trug, die sie womöglich einfach in ihren makellosen Küchenschränken aufbewahrte, vielleicht tatsächlich dem einen oder anderen Besucher kredenzte. Und dass jedes Mal, wenn sie drei Blüten Jasmin in ein Glas Tee gab, die Zukunft auf sie wartete, wie wenn man aus dem Gassengewirr des Souk ins Freie tritt.